KB074855

# 수상한 사람들

## 怪しい人びと

# 수상한 사람들

히가시노 게이고
윤성원 옮김

RHK
알에이치코리아

차례

일러두기

- 이 책은 2009년 국내에 초판 출간되었던 《수상한 사람들》의 개정판입니다.
- 모든 괄호의 설명은 옮긴이의 것입니다.

# 자고 있던 여자

## 1

내가 아르바이트를 시작한 건 가타오카의 음흉함 때문이었다. 가타오카는 입사 동기다. 소속은 달라 나는 자재부이고 그는 경리부다. 우리 회사는 가전제품 제조업체다. 그렇지만 회사 이름을 아는 사람은 거의 없을 것이다. 모 대기업의 하청업체인 우리 회사가 만든 제품에 회사 이름을 붙여 내보내는 경우는 아주 드물다. 그런 제품이 소비자의 눈에 띌 수 있는 곳은 아키하바라 같은 할인 매장 정도일 것이다.

내가 일하는 자재부는 제조부와 기술부의 요청을 접수해서 재료 및 설비 따위를 업자에게 발주하는 부서다. 돈을 다룬다는 단순한 이유로 경리부 옆에 있다. 가타오카와 친해진 것도 그 때문이다.

가타오카가 "부탁이 있는데 말이야"라고 말하며 내 책상 앞으로 다가온 것은 3월 10일이었다. 이 녀석이 이렇게 비굴한 태도로 나올 때는 조심해야 한다.

기계에 쓸 윤활유의 주문서를 작성하다 잠깐 얼굴을 들었을 뿐 이내 하던 일을 계속하며 말했다.

"돈 빌려달라는 거면 없어. 자동차 할부금을 갚을 때까지는 나도 여유가 없다고."

가타오카는 어디선가 의자를 가져와 내 책상 앞에 자리 잡았다.

"걱정 마. 너한테 돈을 부탁할 만큼 나도 멍청하진 않으니까."

그러면서 주위를 둘러보더니 얼굴을 가까이 댔다.

"아파트를 빌려줬으면 해."

"아파트? 누구 아파트?"

"물론 너지."

가타오카가 내 가슴께를 가리켰다.

"내 아파트를? 뭣 때문에?"

그러자 녀석은 또 주위를 둘러보았다.

"화이트데이를 위해서."

"화이트데이?"

"모르냐? 남자 쪽에서 밸런타인데이에 대한 보답을 하는 날이잖아."

"그 정도는 나도 알아. 그런데 그날이 왜?"

"그날 데이트 계획을 세우고 있거든."

"흐음, 잘됐네."

별 시시껄렁한 얘기를 다 한다는 표정을 지어 보였다. 가타오카는 자칭 '플레이보이'로 학창 시절에는 백 명이 넘는 여성과 만났다고 허풍을 쳤다. 언뜻 보면 잘생긴 건 사실이다.

"이봐, 그러니까 우리 집에 여자를 끌어들이겠다는 거야? 설마 아니겠지?"

일하던 손을 멈추고 가타오카를 노려보았다.

"아니, 그러니까 실은 그래."

녀석은 억지웃음을 지었다.

"웃기지 말라고. 왜 내가 네 놈 성욕을 위해서 집을 내줘야 하는데?"

"그런 말 하지 말고. 도와주는 셈치고."

"호텔에 가면 되잖아. 분위기 있는 레스토랑에서 식사하고, 선물 주고, 시내 호텔에서 섹스한다. 그게 크리스마스니 화이트데이니 하는 날을 보내는 방법이잖아. 물론 나한테야 해당되지 않는 얘기지만."

그러자 가타오카가 팔짱을 끼더니 내 쪽으로 몸을 내밀었다.

"그건 옛날 얘기라고. 요즘 세상에 그러는 남자가 있는 줄 아냐? 야근은 없지, 보너스마저 현물지급(임금의 일부를 현금 대신 기업의 생산물로 지급하는 방식)하는 때에 티파니에서 선물을 사주고 이탈리안 레스토랑에서 밥 먹고 오쿠라 호텔의 스위트룸에 묵을 수 있을 것 같아?"

"참 구체적이군."

내 말에 가타오카는 헛기침을 했다.

"아무튼 그런 시절이 아니란 말이야. 게다가 상대에 따라 호텔 같은 데는 가지 않는 게 나은 경우도 있다고."

"상대에 따라서?"

"그래. 이를테면 소심파라고 할까, 순진하다고 할까? 아무튼 이성 교제에 숙맥인 여자를 처음으로 꼬일 때는 좀 그렇거든."

"그러고 보니 지금 네가 사귀고 있는 상대, 우리 회사의 히로에 씨지?"

내 물음에 가타오카는 입꼬리를 슬쩍 올리며 싱긋이 웃었다.

"그런 셈이지. 내가 보기에 그 여자는 처녀거든."

"흐음."

신음을 내뱉었다.

하야마 히로에는 나와 같이 자재부에서 일하는 여직원이다. 젊은 여직원 중에서도 다섯 손가락 안에 꼽히는 미인이다. 나도 눈독을 들였지만 요조숙녀 같은 이미지가 온몸을 감싸고 있어서 영 다가가기 힘들었다.

"상대가 순진하면 왜 호텔에 가지 않는 게 나은데?"

의아한 얼굴로 물었다.

"그런 여자일 경우 호텔이라는 말만 들어도 거부감이 들 수 있거든. 호텔이라는 말이 섹스라는 의미를 언뜻언뜻 내비치기 때문인지도 모르지."

언뜻언뜻 내비친다기보다는 속셈이 뻔히 보인다는 생각이

들었다.

"역시 분위기가 무르익어서 자연스레 그렇게 되는 게 나은 것 같더라고."

가타오카가 말을 이었다.

"그런가?"

"그래서 말인데."

가타오카가 내 어깨에 손을 얹었다.

"이번 화이트데이에는 호텔이 아니라 좀 더 편안하게 있을 수 있는 집이 필요하거든. 그래서 너한테 이렇게 부탁하는 거야."

"너희 집에 가면 되잖아."

"이봐, 그게 무슨 말이야? 난 부모님과 같이 살잖아. 집에 여자를 데려갈 수는 없지."

"맞다. 참 그랬지."

"부탁이야. 물론 거저 빌려달라는 건 아니야. 3,000엔 아니 5,000엔 낼게."

"5,000엔이라……."

내 침대가 그런 용도로 쓰인다는 것에 약간 거부감이 들었지만 친구의 부탁인 데다 5,000엔은 뿌리치기 힘든 큰돈이었다. 주머니 사정이 좋지 않은 건 나도 마찬가지였다.

"어쩔 수 없군. 그래, 그렇게 할게."

가타오카는 싱글벙글하며 내 손을 덥석 잡았다.

"이 은혜 잊지 않을게. 역시 넌 내 친구야."

"단, 시트는 더럽히지 마."

"알고 있다고. 조심할게."

그렇게 말하고 가타오카는 헤실헤실 웃었다.

화이트데이인 3월 14일 당일 회사에서 가타오카에게 아파트 열쇠를 건넸다.

"일단 방 청소는 해 뒀어."

"고마워. 그 점이 은근히 걱정됐거든."

가타오카는 열쇠와 맞바꾸듯 5,000엔짜리 지폐를 지갑에서 꺼내 건넸다.

"문패는 어떻게 했어?"

"떼어놓았어. 우편물이야 오지 않겠지만 그래도 조심해. 그리고 늦어도 아침 7시까지는 나가줘. 나도 회사에 출근할 준비를 해야 하니까."

"알아, 안다고. 그리고……"

가타오카가 목소리를 낮추었다.

"그건 어디 있어?"

"그거?"

"그거 말이야. 내가 부탁한 거 있잖아."

녀석이 집게손가락과 엄지손가락으로 동그라미를 만들었다.

"아아, 그거 말이군."

고개를 끄덕이고 말을 이었다.

"텔레비전 옆의 오디오장 안에 들어 있어. 뜯지도 않은 새 것이니까 몇 개 썼는지 바로 알 수 있다고. 하나에 500엔만 받지."

"알았어."

가타오카는 내게서 멀어지더니 마치 업무 얘기를 나눈 듯한 표정을 지으며 자기 자리로 돌아갔다.

녀석과 교대라도 하듯 이번에는 하야마 히로에가 다가왔다.

"가와시마 씨, 제조부에서 우편물이 왔어요."

그렇게 말하며 책상 위에 봉투를 내려놓았다. 그녀는 자신에게 주어진 업무 외에 간단한 잡무도 봐주는 터라 적잖이 도움이 되었다. 다른 부서 여직원들이 남녀고용 평등법을 내세우며 절대로 잡무 같은 건 하지 않겠다는 표정으로 고개를 꼿꼿이 들고 다니는 것과는 사뭇 대조적이다.

"고마워."

인사를 하자 "아니에요"라고 말하며 방긋 미소 지었다.

오른쪽 덧니가 살짝 엿보이는 게 애교스러워서 보기 좋다. 이렇게 사랑스러운 여자가 가타오카 같은 녀석의 차지가 될 거라고 생각하니 언짢고 억울했지만, 그런 정경을 상상하다 보니 절로 흥분이 되는 것도 사실이었다.

그날 밤에는 패밀리 레스토랑 주차장에 차를 세워놓고 차 안에서 자기로 했다. 내 차는 왜건으로 뒷좌석은 늘 등받이를 뒤로 넘겨 시트를 평평하게 해놓고 다닌다. 담요도 항상 가지고 다니니까 어떻게든 추위는 피할 수 있을 것이다. 실은 혼자 여행을 다니기 위해 이 차를 구입한 것인데, 그런 용도와는 전혀 상관없이 이런 일에 쓰이다니 스스로가 한심하기 짝이 없었다.

다음 날 아침 7시가 되자 집으로 돌아갔다. 차가운 바깥공기와 달리 실내는 여전히 훈훈하면서도 어딘지 눅눅한 듯했다. 아침에 나가기 전에 또 한 번 했나 보다고 추측했다.

오디오장을 열어보니 콘돔이 두 개 없어졌고 작게 접은 1,000엔짜리 지폐가 들어 있었다. 그리고 쓰레기통에는 티슈 뭉치가 가득했다. 순간 하야마 히로에의 얼굴이 떠오르면서 왠지 모르게 서글퍼졌다.

## 2

그날 이후로도 가타오카는 몇 번 더 집을 빌려달라는 부탁을 하러 왔다.

"가끔은 호텔을 이용하는 게 어때?"

그 말에 녀석은 과장되게 얼굴을 찌푸렸다.

"뭘 모르는군. 여자는 한 번이라도 시내 호텔에 데려가면 그게 당연한 거라고 생각하게 된다니까. 됐어. 너희 집이면 충분해. 히로에도 만족하고 있고."

"그녀에게는 누구 집이라고 했는데?"

"내 집이라고 했지. 세컨드 하우스 같은 거라고 했어. 그래서 내가 갑자기 야근이라도 하게 돼 늦어질 것 같으면 열쇠를 주고 먼저 가 있으라고 할 때도 있지. 아, 걱정하지 않아도 돼. 맘대로 집을 뒤지지 말라고 미리 당부해 두었으니까."

"그야 당연한 거지."

그렇게 말하면서 열쇠를 5,000엔짜리 지폐와 맞바꾸었다.

그리고 며칠 후 다른 녀석이 집을 빌려달라며 나를 찾아왔다. 구매부의 혼다였다. 가타오카에게 얘기를 들었다고 했다. 그러더니 이틀 후에는 총무부의 나카야마가 찾아왔다. 역시 정보를 준 사람은 가타오카였다.

"돈이 생기니까 좋잖아. 머잖아 잭 레먼처럼 좋은 일이 생길지도 모른다고."

화장실에서 맞닥뜨렸을 때 가타오카는 천연덕스러운 얼굴로 그렇게 말했다.

"잭 레먼?"

"〈아파트 열쇠를 빌려드립니다〉라는 영화 얘기야. 그 영화에서 잭 레먼은 자기 집을 회사 상사에게 빌려주거든. 애인과 정사를 벌이는 용도로 말이야. 하물며 그 상사는 한 사람이 아니지. 여러 명이 레먼의 집을 빌리기 위해 예약을 하는 거야. 수요일에는 부장, 목요일에는 과장, 그런 식으로. 덕분에 그는 회사에서 특별히 일을 잘하는 것도 아닌데 나날이 출세한다는 얘기지."

"너희는 평범한 신입사원이잖아."

"지금은 그렇지만 네가 은혜를 베푼 이들 중에 출세하는 놈이 나올지도 모르지."

"제발 그래줬으면 좋겠다."

변기 앞에서 하반신을 위아래로 흔들면서 대꾸했다.

방을 빌려주기 시작한 지 석 달쯤 지난 어느 날, 여느 때처럼 패밀리 레스토랑 주차장에서 아침을 맞았다. 어젯밤 아파트를 빌린 사람은 가타오카다. 그저께 밤은 혼다였고, 그전날은 나카야마였다. 장사가 잘된다. 덕분에 지난 사흘 동안 내 침대에서 한숨도 자지 못했다.

졸린 눈을 비비며 차를 운전해서 아파트로 돌아갔다. 현관문을 여니 집 안은 여느 때처럼 훈훈했다. 아침부터 참 고생이 많구나 생각하다 이내 에어컨이 켜져 있다는 걸 알아차렸다.

"가타오카 이 자식, 전기료를 받아야겠군."

그렇게 말한 순간 침대 위에서 무언가가 움직였다. 깜짝 놀라 그쪽을 보고는 기겁했다. 생판 모르는 여자가 자고 있었던 것이다.

한순간 남의 집에 들어왔나 싶어 두리번두리번 주위를 둘러보았다. 요 며칠 동안 들어오지 않은 탓에 내 집이라는 느낌이 선뜻 들지 않았다. 그러나 만약 남의 집이었다면 문이 열렸을 리 없다. 아무래도 가타오카가 여자를 남겨두고 간 모양이다. 자식, 하야마 히로에 말고도 사귀는 여자가 있었나?

침대로 다가가서 자고 있는 여자의 어깨를 흔들었다.

"이봐요, 일어나요. 시간이 지났다고요."

설마 죽은 게 아닐까 하는 생각이 잠깐 뇌리를 스쳤지만 여자의 체온은 유지되고 있었다. 그녀를 여러 번 흔들었더니 어렴풋이 눈을 떴다.

여자는 눈을 깜빡이다 벌떡 일어났다.

"당신, 누구예요?"

담요를 가슴께까지 끌어올리고 해충을 보는 듯한 눈초리로 나를 쏘아보았다. 어딘지 모르게 젊은 시절 셜리 매클레인의 모습과 닮았다.

"난 이 집 주인이에요."

내가 대답했다.

"이 집?"

여자는 실내를 둘러보았다.

"거짓말 아니에요. 그 증거로 이렇게 열쇠도 가지고 있는 걸요."

열쇠를 그녀의 눈앞에서 흔들어 보였다.

"용돈이라도 벌어볼까 싶어 친구에게 방을 빌려줬을 뿐입니다. 밤 10시부터 6시까지라는 조건으로. 그런데 지금 시간이……."

손목시계를 보고는 눈을 부릅떴다.

"어이쿠, 서두르지 않으면 지각하겠군. 아무튼 시간이 지났으니 이만 나가줘요. 초과 요금은 가타오카에게 청구할 테니까."

"가타오카? 그게 누군데요?"

여자가 눈살을 찌푸리며 물었다.

"가타오카요. 어젯밤 당신을 여기로 데려온 남자. 그 녀석과 같이 있었잖아요."

"난 그런 사람 모르는데요."

"모른다고요? 그럴 리 없을 텐데."

"모른단 말이에요."

여자는 입술을 뾰로통하게 내밀었다.

"그럼 누구랑 함께 있었던 거죠? 누가 여기까지 데려왔는데요?"

"누가라……."

여자는 한동안 생각하다가 어리둥절한 얼굴로 나를 보았다.

"누구지?"

머리가 아파왔다.

"어떻게 그걸 아가씨가 모를 수 있죠? 아니면 혼자서 오기라도 했단 말인가요?"

"저, 그게 아니라……."

여자는 턱에 손을 대고 고개를 갸웃거렸다.

"누군가가 데려왔어요."

"그건 알고 있어요. 그 누군가가 누구냐고 묻는 거잖아요."

"그게, 잔뜩 취해서 기억이 잘 안 나요. 어딘가에서 마셨고, 누가 말을 시킨 것까지는 기억이 나는데. 음, 어떤 남자였더라?"

여자는 쇼트커트 머리에 손가락을 쑤셔 넣고 박박 긁더니 뭔가 생각이 난 듯 내 쪽을 보았다.

"당신인 것 같기도 해요."

엉겁결에 몸을 뒤로 뺐다.

"말도 안 되는 소리 하지 말아요. 어떻게 내가 당신과 함께 있을 수 있죠? 난 어젯밤 내내 차 안에 있었다고요."

"하지만 여긴 당신 집이잖아요."

"맞아요."

"그럼 당신이 나를 데려왔다는 거잖아요."

"그러니까 난 방을 빌려주고……."

설명하는 것도 귀찮아서 이번에는 내가 머리를 쥐어뜯었다.

"됐어요. 당신 상대가 누구든 나하고는 상관없는 일이에요. 아무튼 당장 내 집에서 나가줘요."

그러자 여자는 커다란 눈동자를 이리저리 굴리며 담요 속에서 꼼지락꼼지락 한 손을 움직이기 시작했다. 그러더니 "앗!" 하고 소리쳤다.

"왜 그래요?"

놀라서 묻자 여자가 천천히 내 쪽을 보았다.

"큰일 났어요."

"왜 그러냐고요."

여자에게 다가가려 했다.

"다가오지 마세요."

여자가 날카롭게 말했다.

"뭐냐고요, 대체. 뭐가 어떻게 됐는데요?"

여자는 잠자코 있더니 고개를 들고 불쑥 말했다.

"나갈 수 없게 됐어요."

"왜요?"

"어젯밤 그걸 쓰지 않았나 봐요."

"그거?"

말해놓고 퍼뜩 깨달았다. 오디오장 안의 콘돔 수를 세어봤는데 개수는 줄지 않았다. 여자에게 물었다.

"시트에는 묻지 않았겠죠?"

여자는 살며시 담요를 들췄다.

"괜찮은 것 같아요."

"휴, 다행이군."

일단 안심했다.

"그래서 왜 나갈 수 없다는 거죠?"

"그게요."

여자는 잠시 쭈뼛거리더니 말했다.

"어제 딱 위험한 날이었단 말이에요."

"위험한 날? 아아, 그렇군."

눈 밑을 집게손가락으로 긁었다.

"그건 참 애통한 일이군요. 하지만 그게 어쨌다는 거죠? 나하고는 상관없는 일이라고요."

"이대로 돌아가면 상대를 알 수 없잖아요. 만약 임신이라도 했으면 누구한테 하소연해야 할지 알 수 없잖아요."

"그런 건 내가 알 바 아니죠. 아가씨가 어젯밤 누구랑 섹스를 했는지 내가 어떻게 알겠어요?"

"하지만 댁의 친구 중 한 사람이잖아요."

"그렇겠죠. 아마 가타오카라는 놈이겠지만 단언할 수는 없고."

"그렇다면 알아봐 줘요. 누군지 밝혀질 때까지 여기서 한 발짝도 나가지 않을 거예요."

여자는 침대 위에 앉은 채 담요를 꽉 움켜쥐었다.

이제 배마저 쿡쿡 쑤시기 시작했다.

"왜 내가 아가씨 섹스 상대를 알아봐야 하는 거죠?"

"당신밖에 부탁할 사람이 없잖아요. 정 싫다면 여기서 소리를 지를 수밖에. 당신이 날 여기로 끌고 왔다고 소리칠 거예요."

"말 같지도 않은 소리. 그렇게 되면 난 이 집에서 쫓겨난다고요."

"그럼 내 말대로 해요."

양손을 허리에 대고 여자를 내려다보며 한숨을 쉬었다.

"애당초 아가씨가 잘못한 거라고요. 모르는 사람을 태연하게 따라나서니까 이런 일이 생기잖아요."

"어쩔 수 없었어요. 잔뜩 취했단 말이에요. 난 취하면 머릿속이 텅 빈다고요."

그러고는 실실 웃었다.

'취하지 않아도 그렇잖아'라는 말을 애써 삼켰다.

"그럼 이렇게 하죠. 어떻게든 어젯밤 아가씨의 상대를 찾아볼게요. 찾아내는 즉시 연락할 테니까 아가씨는 일단 아가씨 집에 가서 기다려요."

"싫어요. 그런 식으로 얼렁뚱땅 넘어가려는 거죠? 난 나가지 않을 거예요."

여자가 담요를 뒤집어썼다.

신음이 절로 나왔다. 계속 설득하고 싶었지만 어물거리다가는 정말로 회사에 지각할 것 같았다. 일단 출근 준비를 하기 시작했다. 요 며칠 제대로 옷도 갈아입지 못해 양말에서는 역겨운 냄새가 났다. 옷장에서 갈아입을 옷을 꺼내고 신고 있던 양말은 쓰레기통에 던져 넣었다. 넥타이를 매고 있는데 여자가 이불 속에서 얼굴을 내밀었다.

"회사에 가요?"

"그래요."

"어떤 회산데요?"

회사 이름을 말해주었다.

"들어본 적이 없네요."

여자가 중얼거렸다.

"그거 미안하게 됐군요."

"그 넥타이, 전혀 어울리지 않아요."

"참견하지 말아요!"

끝내 고함을 치고 말았다.

"오늘은 여기 있어도 되지만 상대 남자를 찾아내면 바로 나가는 거예요. 절대로 이웃 사람들이 눈치채지 못하게 하고."

"냉장고 안에 있는 거 먹어도 돼요?"

"맘대로 해요. 맞다, 아가씨 이름이 뭐죠?"

"리에코."

"성은?"

"미야자와."

"미야자와 리에코(미야자와 리에는 미모와 연기력을 겸비한 당대 최고의 일본 여배우다)? 이봐요, 지금 장난하는 겁니까?"

"정말이란 말이에요."

"거짓말 아니죠?"

"정말, 정말이에요."

여자는 기계처럼 고개를 위아래로 끄덕였다.

"정말이지, 왜 내가 이런 일에 휘말려야 하는 거냐고."

나직이 중얼거리면서 구두를 신었다.

"다녀오세요."

여자가 이불 속에서 손을 빼내 흔들었다.

집에서 나와 거칠게 문을 닫았다.

### 3

회사에서 잠깐 짬을 내어 가타오카를 탕비실로 불렀다.

"그래, 마침 나도 이걸 돌려주려던 참이었어."

가타오카는 주머니에서 어제 내가 빌려준 열쇠를 꺼냈다. 그 열쇠를 낚아채며 녀석을 노려보았다.

"네가 누굴 데려오건 네 맘이지만, 나한테 민폐를 끼치지는 말아야지. 이제 두 번 다시 너한테는 집을 빌려주지 않을 거야."

강한 말투로 말하자 가타오카는 영문을 알 수 없다는 듯 눈을 깜빡거렸다.

"대체 왜 그래? 무슨 일인데? 뭣 때문에 화를 내는 거냐고."

"그 여자 말이야. 네가 끌어들였잖아."

"그 여자? 이봐, 잠깐만. 나는 아무도 끌어들이지 않았어."

"하지만 어제 집을 빌린 건 너잖아."

"그게, 갑자기 계획에 차질이 생겼어. 히로에한테 일이 생기는 바람에 데이트 계획이 물 건너갔거든. 애써 방까지 확보해 두었는데 나도 맥이 빠졌다고."

"그럼 집을 쓰지 않았다는 말이야?"

녀석의 얼굴을 보았다. 그 말이 사실인지 아닌지 분간이 가지 않았다.

"무슨 일인데 그래?"

가타오카가 걱정스러운 얼굴로 물었다.

미야자와 리에코라고 이름을 밝힌 여자에 대해 얘기해 주었다. 가타오카는 눈이 휘둥그레져서 쉴 새 없이 고개를 가로

저었다.

“나 아니야. 데이트 계획이 틀어져서 어젯밤에는 곧장 집에 들어갔다니까. 우리 가족한테 물어봐.”

“하지만 네가 집 열쇠를 가지고 있었잖아.”

“그야 그렇지만 내가 아니라니까. 난 그런 여자 모른다고.”

“그럼 열쇠를 누군가에게 빌려줬나?”

“아니, 아무한테도 빌려주지 않았어.”

“그럼 이상하잖아. 너 말고는 집에 들어갈 수 있는 사람이 아무도 없는데.”

“아니야, 내가 아니라고. 나는 잘못한 게 없다니까.”

가타오카는 안색을 바꾸며 부정하더니 갑자기 뭔가 생각난 듯 손가락으로 딱 소리를 냈다.

“알았다. 마스터키야. 누군가 그 집 열쇠를 복사한 놈이 있는 거야. 틀림없어.”

“마스터키를? 뭐 하려고?”

“네가 출장이라도 가게 되면 멋대로 쓸 생각이 아니었을까? 그러면 5,000엔을 내지 않아도 되니까 말이야.”

가타오카의 의견을 들으니 절로 신음이 흘러나왔다. 방을 빌리는 녀석들의 얼굴을 떠올리자 그 정도 일은 얼마든지 할 수 있을 것도 같았다.

“만약 그렇다고 해도 여전히 의문이 남아. 어제 집이 빈다는 걸 범인은 어떻게 알았을까?"

"그것도 그러네."

가타오카는 팔짱을 꼈다.

"어떻게 된 거지?"

"어제 데이트가 취소된 걸 누군가에게 말했어?"

"말할 리 없잖아, 그런 걸."

"그럼 어떻게 된 거냐고."

"난 혼다가 좀 수상한 것 같아."

가타오카는 두세 번 고개를 끄덕이더니 말을 이었다.

"그래, 그놈이라면 그런 짓을 하고도 남을 거야. 전에 디스코텍에서 쉬워 보이는 여자를 꼬인 적도 있고."

"내 방을 빌린 적이 있는 녀석들을 모두 모아봐야겠어."

굳게 마음먹고 그렇게 말했다.

"모두 모이면 누가 거짓말을 하는지 밝혀낼 수 있을 거야."

"그래, 그랬으면 좋겠다."

가타오카는 크게 고개를 끄덕였다.

자리로 돌아와 집으로 전화를 걸어보았다. 하지만 몇 번이나 걸어도 계속 통화 중이었다. 혀를 찼다. 그 여자가 멋대로 전화를 쓰고 있을 것이다.

짜증이 나서 책상을 손가락으로 두들기고 있는데 마침 하야마 히로에가 앞을 지나갔다. 그녀를 불러 세웠다.

"이상한 걸 묻는 것 같지만, 어제 경리부의 가타오카와 데이트 약속이 있었지?"

히로에는 조금 놀라더니 부끄러운 듯 눈길을 떨어뜨렸다.

"가타오카 씨는 친구한테 그런 얘기까지 하나요?"

그녀의 눈언저리가 붉어졌다.

"아니, 그게 아니라."

그럴듯한 구실을 꾸며댔다.

"가타오카가 떠들고 다니는 게 아니라 내가 캐물은 거야. 그래서 말인데……."

헛기침을 한 번 했다.

"그 데이트 약속을 갑자기 취소했다며?"

"네? 네."

히로에는 희미하게 고개를 끄덕였다.

"갑자기 일이 생겼어요. 그런데 그게 왜요?"

"아니, 별일은 아니고, 그냥 좀 개인적으로 알아보고 있는 일이 있어서."

마른 입술을 혀로 핥았다.

"데이트를 취소한 걸 혹시 누군가에게 말하지 않았나?"

"아뇨. 말하지 않았는데요."

"정말? 다시 한번 잘 생각해 주지 않겠어?"

그러자 그녀는 미심쩍은 눈빛으로 나를 바라보았다.

"도대체 뭐를 알아보시는데요? 가타오카 씨가 무슨 얘기라도 한 건가요?"

"아니, 아니야. 말하지 않았다면 됐어."

손을 내저으며 억지웃음을 지었다.

점심시간에 가타오카와 혼다, 나카야마, 그렇게 세 사람을 식당 구석자리에 모았다. 그리고 그들에게 방에서 자고 있던 여자에 대해 얘기했다.

"몰라, 그런 여자는."

혼다가 먼저 입을 열었다.

"어제 방을 빌리기로 한 사람은 가타오카니까 가타오카가 데려온 여자겠지."

"아니라고 했잖아."

가타오카는 곧바로 부정했다.

"누군가가 마스터키로 열고 들어간 거라고. 어쩌면 나를 궁지에 몰아넣을 작정이었는지도 몰라."

"너를 궁지에 몰아넣어서 무슨 득이 있는데?"

나카야마가 정확히 7 대 3으로 가르마를 탄 머리를 손으로 매만지며 물었다.

"몰라, 그런 건. 범인에게 물어봐."

가타오카가 내뱉었다.

"아무튼 난 절대로 아니야."

혼다는 과장되게 몸서리를 쳐 보였다.

"그래, 내가 여자를 자주 꼬이는 건 사실이야. 술김에 상대방 얼굴도 보지 않고 꼬일 때도 있어. 하지만 만약 나라면 콘돔을 쓰지 않았을 리 없다고. 절대로 그럴 리 없어. 난 정부의 지침을 철저히 따른다고."

그러면서 테이블을 내리쳤다.

"흐음."

잠시 생각에 잠겼다. 이 세 사람이라면 콘돔을 쓰지 않고 섹스할 리가 없다.

"이봐, 가와시마."

나카야마가 의혹 어린 눈길로 나를 보았다.

"너, 정말로 그 여자를 본 기억이 없냐?"

"뭐라고? 그건 또 무슨 소리야?"

"그 여자가 예전에 너랑 뭔가 있었는데, 너를 잊지 못해 제멋대로 쳐들어온 거 아닐까? 남자가 데려왔다는 건 다 지어낸 얘기고 말이야."

"그럴 수도 있겠다."

혼다도 거들었다.

"속된 말로 하자면, 어떻게든 남자를 물어서 결혼하려는 여자라는 얘기지."

"말도 안 돼."

기겁을 하며 고개를 설레설레 저었다.

"그랬다면 처음부터 너희에게 캐묻지도 않았을 거야. 정말 본 적도 없는 여자라고. 게다가 중요한 건……"

마른침을 삼키고서 말을 이었다.

"여자가 나를 그렇게 좋아한 적은 이제껏 한 번도 없어."

세 사람은 내 얼굴을 말똥말똥 쳐다보더니 이내 그것도 그렇겠다는 표정을 지었다.

"좋은 생각이 있어. 사원증을 잠시 빌려줘."

그들에게 말했다.

"사원증? 그걸로 뭘 하게?"

가타오카가 물었다.

"거기에 얼굴 사진이 붙어 있잖아. 그걸 여자에게 보여주는 거야. 어쩌면 기억이 날지도 모르니까 말이야."

"그러지, 무죄를 입증하기 위해서라면."

맨 먼저 나카야마가 그렇게 말하며 카드지갑에서 사원증을 꺼내 내밀었다.

"그래, 그럼 나도 좋아."

"실컷 알아보라고."

다른 두 사람도 선뜻 내 뜻에 따랐다.

## 4

그날도 야근이 없어서 곧장 집으로 돌아갔다. 그 여자는 내 방 침대에서 포테이토칩을 먹으며 텔레비전을 보고 있었다.

"어서 와요."

여자가 텔레비전에 눈길을 준 채 말했다.

"내 상대가 누구였는지 찾아냈나요?"

남 고생하는 것도 모르고 무사태평한 소리나 해댄다. 텔레비전을 끄고 침대에 사원증 세 개를 늘어놓았다.

"잘 봐요. 그중에 있을 테니까."

"흐음."

여자는 사원증 세 개를 힐끗 보더니 "아!" 하며 그중 하나를 집어 들었다. 혼다의 사원증이었다.

"그 남자예요?"

"아뇨."

여자는 고개를 저었다.

"내 취향으로 보면 이 사람이 아닐까 싶었을 뿐이에요. 하지만 본 적은 없는 사람이네요."

"아가씨 취향을 물은 게 아니에요. 지난밤에 같이 있었던 남자가 누군지 묻고 있는 거라고요, 지금. 나머지 두 사람은 어때요?"

"흐음, 모르겠어요."

"자세히 봐요."

"기억나지 않는다니까요."

여자는 옆에 놓아둔 리모컨을 들어 다시 텔레비전을 켰다. 마침 멍청한 버라이어티쇼가 시작된 참이었다. 여자는 그걸 보며 '하하하' 입을 크게 벌리고 웃었다.

또 머리가 아프기 시작했다.

"부탁이니 나가줘요. 아무리 어제가 위험한 날이었다고 해도 임신을 장담할 수도 없잖아요. 임신한 것이 확실해지면 그때 가서 다시 상대 남자를 찾아보자고요. 나도 협력할 테니까."

"안 된다니까요. 그렇게 어영부영 시간이 지나면 더 찾기 힘들어진단 말이에요."

그러면서 포테이토칩 봉지에 손을 집어넣었다.

"하지만 아가씨도 언제까지고 여기에 있을 수는 없잖아요. 식구들도 걱정할 테고."

"아, 그건 괜찮아요. 아까 전화해서 오늘 밤에도 친구 집에서 자고 갈 거라고 했으니까요."

"하지만 오늘 밤엔 나도 여기서 잘 거라고요. 남자와 단둘이 있어야 하는데 불안하지 않아요?"

그러자 여자는 나를 돌아보더니 '우후후' 하고 의미심장하게 웃었다.

"왜요? 딴마음이 생길 것 같아요?"

"그렇지는 않지만."

"이상한 짓을 하면 어제 상대도 결국은 당신이었던 걸로 하죠, 뭐. 덮칠 거면 그 정도 각오는 하세요."

그러고는 다시 텔레비전으로 눈길을 돌리더니 태평스럽게 웃기 시작했다.

그런 그녀를 바라보다가 옷도 갈아입지 않고 현관으로 가서 다시 신발을 신었다.

"어디 가요?"

여자가 물었다.

"배 채우러. 도시락 좀 사오려고요."

"그럼 가는 김에 내 것도 부탁해요. 프라이드치킨도 같이."

맙소사, 절로 한숨이 터져 나왔다.

그날 밤은 어쩔 수 없이 여자를 집에 묵게 했다. 여자는 침대에서, 나는 바닥에서 잤다. 여자는 잠버릇이 나빠 하얀 다리가 담요 밖으로 고스란히 나와 있을 때도 있었다. 몇 번이나 욕정이 일었지만 그때마다 담요를 뒤집어쓰고 마음을 가라앉히느라 용을 썼다. 정확히 말하면 거의 잠을 이룰 수 없었다.

날이 밝자 진한 커피를 한 잔 마시고 나갈 준비를 했다. 어쨌든 이 집에서 나가지 않으면 머리가 이상해질 것 같았다.

여자는 여전히 대담한 자세로 쿨쿨 자고 있다.

신발을 신고 나서야 오늘이 목요일이라는 데 생각이 미쳤다. 쓰레기를 버리는 날이다. 다시 신발을 벗고 방으로 들어갔다.

까만 비닐봉지에 어젯밤 먹은 도시락 통을 버리고 쓰레기통을 거꾸로 들어 안에 든 것을 쏟아부었다. 쓰레기통에서 나온 건 약간의 종이 뭉치와 어제 내가 버린 양말뿐이었다.

그때 문득 마음에 걸리는 것이 있었다. 뭔가 좀 이상하다는 생각이 들었다. 하지만 그 이유는 알 수 없었다. 결국 수면 부족 탓으로 돌리고 고개를 저었다.

쓰레기봉지를 들고 집에서 나왔다. 시계를 보니 여느 때보다 한 시간이나 일렀다. 쓰레기 수거장에 쓰레기봉지를 놓고 역을 향해 걷기 시작했다. 왠지 석연치 않은 기분을 떨칠 수 없었다. 뭔가 중요한 걸 봐놓고도 그걸 알아차리지 못하는, 그런 기분이었다.

그 상태로 역에 도착했다. 윗도리 주머니에서 카드지갑을 꺼내는데 뭔가 하얀 것이 떨어졌다. 티슈 뭉치였다. 그것을 주워 가까이 있는 쓰레기통에 버렸다.

그 순간 마음에 걸리던 것이 해결되었다.

아! 크게 숨을 들이쉬었다.

그랬군.

걸어온 길을 되짚어 걷기 시작했다.

## 5

오전 11시였다. 길가에 차를 세워둔 채 아파트를 지켜보고 있었다. 정확히 말하면 아파트에 드나드는 사람들을 지켜보았다. 회사에는 오늘 하루 쉬겠다고 전화해 두었다.

반드시 꼬리를 잡고야 말겠다는 일념으로 아파트 출입구를 노려보고 있었다.

실마리를 준 건 쓰레기통의 내용물이었다.

미야자와 리에코라고 자신을 밝힌 여자는 그저께 밤 어떤 남자가 유혹해 이 아파트로 데려왔다고 했다. 그리고 섹스를 했다고 주장했다.

그렇다면 티슈 뭉치가 잔뜩 쓰레기통에 버려져 있어야 하지 않을까? 여자가 어제 쓰레기통을 비웠다고는 볼 수 없다. 내가 어제 아침에 버린 양말이 그대로 남아 있었기 때문이다. 그러니까 그 여자가 거짓말을 했다는 얘기가 된다. 남자가 데려온 것이 아니라 자신의 의지로 온 것이다. 그렇다면 왜 남자가 데려왔다는, 그런 터무니없는 거짓말을 한 것일까?

그건 아마 내 집에 눌러앉기 위해서였으리라. 실제로 상대 남자를 찾아야 한다는 핑계로 그녀를 내보내지 못했다. 그렇다면 그녀는 왜 내 집에 온 것일까? 그리고 왜 내 집에 눌러앉아야 하는 것일까?

그녀의 목적이 내가 아니라는 건 분명하다. 그녀는 내 얼굴도 알지 못했다. 하물며 나는 그런 일로 착각에 빠져 자만하거나 하는 성격도 아니다.

요컨대 그녀는 내 집에 있는 것 자체에 목적이 있는 것이다.

우편물이 아닐까 하는 것이 내 짐작이었다. 어떤 사정이 있는지는 모르지만 뭔가 중요한 우편물이 내 집으로 오기로 되어 있는 것이 아닐까? 그리고 여자는 그것을 기다리고 있다. 이 아파트의 우편함은 각 집의 현관문 앞이 아닌 1층 입구에 설치되어 있다. 일반 우편물은 그곳으로 배달된다. 하지만 그 여자가 기다리고 있는 것은 속달이나 서류일 것이라고 추측했다. 그렇기 때문에 집에서 기다려야 했던 것이다.

11시 20분쯤 되었을 때 기다리던 우편배달원이 나타났다. 안경을 쓴 키가 작은 남자였다. 그에게 시선을 고정한 채 눈을 부릅떴다. 하지만 배달원은 일반 우편물을 취급하는 듯 아파트 입구에 있는 우편함에 우편물을 집어넣을 뿐이었다. 하물며 내 우편함에는 아무것도 넣지 않았다.

실망해서 핸들에 얼굴을 묻은 순간 바로 앞에 차가 한 대 멈춰 섰다. 작은 밴이었다. 젊은 남자가 그 차에서 내려 뒤쪽

짐칸을 열었다. 거기에는 골판지 상자가 한가득 실려 있었다.

택배 차다. 몸을 일으켰다. 젊은 남자는 한 말들이 양철통 크기의 골판지 상자 두 개를 포개더니 그것을 양손으로 들었다. 꽤 무거운 듯 몸이 조금 휘청거렸다. 그래도 그대로 들고 아파트 안으로 들어갔다.

차창 밖으로 몸을 내밀고 아파트 2층을 올려다보았다. 현관문 윗부분은 여기서도 보인다. 우리 집 현관문은 왼쪽에서 두 번째다.

그 문이 열렸다. 그리고 문은 잠시 그대로 열려 있었다. 이윽고 문이 닫히더니 잠시 후 배달원이 아파트에서 나왔다.

그렇군. 그제야 납득했다. 집으로 배달되는 건 서류 우편물이나 속달만은 아니다. 이제 어떻게 할까 생각하고 있는데 현관문이 다시 열렸다. 차 안에서 최대한 몸을 수그렸다. 이윽고 그 여자가 아파트에서 나왔다. 짙은 화장을 하고 있었다. 작은 가방을 어깨에 메고 있을 뿐 택배로 온 짐은 들고 있지 않았다. 여자가 모퉁이를 돌아 사라지는 걸 확인하고 차에서 내렸다.

아파트로 들어가 집 앞에 서서 현관문을 당겨보았다. 문은 잠겨 있었다. 기묘한 일이었다. 이 집 열쇠는 두 개지만 지금 그 두 개는 내가 다 가지고 있다. 여자는 어떻게 문을 잠근 것일까?

고개를 갸웃거리면서 열쇠로 문을 열었다. 방금 택배기사가 고생하며 나른 골판지 상자 두 개가 현관 앞에 나란히 놓여 있었다. 쭈그리고 앉아 상자에 붙어 있는 전표를 확인했다. 수취인란에는 이 집 주소와 함께 '미야자와 상사'라는 영문을 알 수 없는 이름이 적혀 있었다. 그런데 발신자 주소가 우리 회사였다.

6

오후 1시가 지나 사무실로 들어서자 다들 이상한 표정으로 돌아보았다.

"웬일이야? 오늘은 감기에 걸려서 쉰다고 하지 않았나?"

계장이 물었다.

"그럴 생각이었는데 열이 내린 것 같아서요. 그래서 어제 하다 만 일이라도 마무리 지으려고 나왔습니다."

"흐음, 그거야 좋지만 감기 옮기지 않도록 조심해."

계장은 파리를 쫓는 듯한 손짓을 해 보였다.

자리에 앉아 컴퓨터로 필요한 정보를 알아보기 시작했다. 문득 고개를 드니 멀리서 이쪽을 보고 있는 하야마 히로에의 모습이 시야에 들어왔다. 하지만 외면하고 작업을 계속했다.

알아볼 걸 다 알아본 다음 전화를 두 통 하고 자리에서 일어났다. 하야마 히로에를 찾아보니 그녀는 복사기 앞에 있었다. 내가 쳐다보자 그녀도 내 쪽을 보았다. 딱 하고 소리가 나듯 눈길이 마주쳤다.

눈짓을 하고는 사무실에서 나왔다. 복도에서 기다리고 있으니 그녀가 나왔다.

"옥상으로 갈까?"

내 제안에 그녀는 잠자코 고개를 끄덕였다.

오늘은 날씨가 좋아 옥상에 서 있어도 세찬 바람은 느껴지지 않았다. 계단실에서 나가자마자 하야마 히로에를 돌아보았다.

"그 짐은 내가 가지고 있어."

별일 아니라는 듯한 말투로 말했다.

그녀는 한순간 내 눈을 뚫어지게 쳐다보더니 희미하게 웃었다.

"역시 제 생각이 맞았네요."

"그 여자가 연락을 한 건가?"

"네. 점심때가 지나서요. 실어 나르려고 차를 가지러 간 사이 그게 방에서 사라졌다고 하더군요. 그 얘기를 들은 순간 가와시마 씨가 그랬을 거라는 생각이 들었죠. 오늘은 회사에도 나오지 않았으니까요."

"아파트 앞에서 지켜보고 있었지."

히로에는 과장스럽게 어깨를 으쓱해 보였다.

"나오미는 완벽하게 속이고 있다고 했는데, 보기 좋게 들통이 나버렸네요."

"나오미란 그 여자를 말하는 건가?"

"그래요."

"오늘 아침까지는 완벽하게 속고 있었지."

먼 곳으로 눈길을 던졌다가 다시 그녀의 얼굴을 바라보았다.

"그 물건을 어떻게 할 생각이었지?"

하지만 히로에는 곧바로 대답하지 않고 눈길을 돌렸다. 입가에 알 수 없는 웃음이 번져 있었다.

상자에 든 양철통에는 유기용제 톨루엔이 들어 있었다. 20리터들이 용기가 두 통 배달된 것이다. 그것을 본 순간 범인의 계략을 알아차렸다. 애초에 그 물건을 회사에서 빼내는 것이 목적이었던 것이다. 그러나 중량이나 크기로 볼 때 자력으로 빼낼 수는 없었다. 그래서 생각해 낸 것이 택배편이다. 회사에서 어딘가 가공의 사무실 같은 곳으로 보내는 형태를 취한 것이다.

그리고 그 가공의 사무실로 내 집을 선택했다.

아마도 범인은 그곳이 내 집이라는 사실을 몰랐을 것이다. 평소에는 아무도 없으니 맘대로 사용해도 괜찮다고 생각한 것이리라. 왜 그런 생각을 한 것일까? 그건 누군가 그래도 된다는 이야기를 했다는 의미다. 그러면서 떠오른 것이 가타오카가 한 말이었다. 녀석은 하야마 히로에에게 그 집이 자신의 세컨드 하우스라고 둘러댔다. 이제 히로에가 범인이라고 가정하고 추리를 해 나갔다. 그러자 모든 것이 말끔히 설명되었다.

우선 그녀라면 내 집의 마스터키를 만드는 것이 어렵지 않았을 것이다. 가타오카가 그녀에게 열쇠를 맡긴 적도 있었기 때문이다. 두 번째로 그녀가 직접 한 일이니 당연히 가타오카와의 데이트가 취소된 것도 알고 있었다. 그리고 세 번째는 그 짐의 내용물이다. 아마 회사 창고에 있던 물건을 훔치려고 한 건 아닐 것이다. 처음부터 훔칠 목적으로 업자에게 주문했다고 보는 것이 타당하다. 그런 주문을 할 수 있는 건 자재부 직원뿐이다. 그래서 방금 컴퓨터를 이용해 지난 한 달간 유기용제 발주 상황을 알아보았다. 역시나 기술부의 요청으로 20리터들이 톨루엔을 두 통 주문한 사실을 확인할 수 있었다. 그 물건은 사흘 전에 입고되어 기술부에서 수령을 확인한 것으로 되어 있었다. 그 사무 처리를 한 사람이 바로 하야마 히로에였다.

기술부에 전화해서 사실 여부도 확인했다. 톨루엔 같은 건 주문한 적이 없다는 것이 담당자의 답변이었다.

"팔 건가?"

그녀의 옆얼굴을 보며 물었다.

"그 톨루엔, 팔 생각이었던 거지?"

히로에가 천천히 내 쪽으로 얼굴을 돌렸다.

"그런 셈이죠."

"야쿠자에게?"

히로에는 고개를 가로저었다.

"그쪽 사람들은 너무 터무니없이 값을 후려쳐요. 그런 사람들과 연관되는 것도 싫고요. 우리끼리 알아서 팔 생각이었어요. 드링크제 병에 넣어 나오미가 자기 친구들과 함께 팔아치울 작정이었죠. 그 아인 그런 연줄을 꽉 잡고 있거든요."

"얼마나 되지?"

그녀는 고개를 살짝 갸웃하더니 "120만 엔쯤 되려나?"라고 대답했다.

"100시시에 3,000엔이라는 계산이긴 하지만요."

그 말을 듣고 고개를 절레절레 저었다.

"원가의 수십 배군."

"그래도 사는 사람이 있거든요."

"그런 모양이더군."

시너를 흡입하는 청소년에게 순도 100퍼센트의 톨루엔은 최상품이라는 기사를 신문에서 읽은 적이 있다.

"저기요, 가와시마 씨."

히로에가 달콤한 목소리를 냈다.

"그거, 돌려주시면 안 되나요? 돌려주시기만 하면 저, 뭐든 해 드릴 수 있는데."

그 말에 온몸의 털이 곤두서는 것 같았다.

"그럴 수는 없어. 업체에 반품할 생각이야. 착오가 있었다고 하면서."

"흐음, 역시 안 되는구나."

히로에는 그리 낙담하는 것 같지도 않았다.

"저기요, 이 일을 회사에 알릴 건가요?"

"일러바치고 싶지는 않아."

그렇게 대답하고 덧붙였다.

"두 번 다시 그런 짓은 하지 않겠다고 약속한다면 말이야."

그러자 무슨 생각을 했는지 히로에는 킥킥거리며 웃음을 터뜨렸다.

"뭐가 우습지?"

"나오미가 한 말이 생각나서요. 가와시마 씨는 좋은 사람이라고 했거든요."

대꾸할 말이 생각나지 않아 시큰둥한 표정을 지었다.

히로에는 한바탕 웃고 나더니 말을 이었다.

"저, 다음 달에 회사 그만둬요."

"그만둬? 왜?"

"따분해서요. 좋은 남자도 생기지 않고."

"가타오카가 있잖아."

그러자 그녀는 다시 웃음을 터뜨렸다.

"촌스러운 데다 돈에 벌벌 떠는 그런 남잔 이제 싫어요. 아무리 그래도 그렇지, 가끔은 호텔 스위트룸쯤 잡아줘야죠."

"흐음."

"그럼 얘기는 이걸로 끝난 거네요."

히로에는 가볍게 손을 들어 보이더니 계단실로 들어갔다.

나도 잠시 후 안으로 들어갔다. 자리로 돌아가자 가타오카가 기다리고 있었다.

"그 여자는 어떻게 됐어?"

"수습했어."

"수습해? 그게 무슨 말이야?"

"아무튼 잊어줘."

"잊으라고 해도 그게…… 이봐, 어떻게 된 거야? 안색이 안 좋아. 역시 그 여자는 너랑 관계가 있었던 거군. 그렇지? 그래서 뭔가 고민하고 있는 거야. 그렇다면 나한테 상의하라고. 여자에 관한 한 내가 한 수 위니까."

가타오카가 으스대며 말했다.

"여자에 관한 한?"

"그럼."

녀석이 단언했다.

"그렇지."

그러고는 고개를 끄덕였다.

"네가 여자 보는 눈 하나는 정확하지."

그리고 깊은 한숨을 내쉬었다.

# 판정 콜을 다시 한번!

## 1

아직 길들지 않은 가죽 구두를 신어 새끼발가락이 아프다. 그래도 멈출 수는 없다. 무턱대고 달렸다. 골목길이 복잡해 달리는 데 방해가 된다. 그렇지만 그건 추격자에게도 마찬가지다.

어느새 노보루의 모습이 등 뒤에서 사라지고 없다. 경찰에게 붙잡혔는지도 모른다. 이제껏 운동 같은 건 해 본 적도 없다고 했으니 쫓아오는 경찰을 당해내지 못했다 해도 이상할 게 없다. 하지만 지금은 노보루를 신경 쓸 여유도 없다. 그저 무작정 다리를 움직일 뿐이다.

고등학교 시절 아무 생각 없이 운동장을 달리던 기억이 문득 머리를 스쳐 지나갔다. 선배의 목소리, 감독의 목소리 그리고 나 자신의 목소리가 되살아났다.

아주 오래전 일이다.

뒤에서 쫓아오는 기척이 없어 발을 멈췄다. 이렇게 달려보긴 정말 오랜만이다. 폐가 아프다. 머리도 지끈거린다. 길가의 폴리에틸렌 양동이에 걸터앉아 숨을 가다듬었다.

그래도 느긋하게 쉴 여유는 없었다. 곧 이 부근까지 경찰이 올 것이다. 내가 달리는 걸 목격한 사람들이 있다. 휘청거리며 일어나면서 전봇대에 붙어 있는 주소를 살펴보았다. 정신없이 달려온 탓에 내가 지금 어디 있는지 전혀 알 수 없었다.

××동 3번지. 그렇게 적혀 있었다.

한순간 우연인가 싶었고, 이내 그렇지 않다고 생각했다. 이번 계획을 노보루에게 들었을 때부터 마음에 걸린 일이다.

'그놈'의 집 근처구나 하고.

순간 내가 도망치고 있다는 사실을 잊고 번지수가 적힌 문패를 살피며 걸었다. '그놈'의 집 주소와 위치는 지금까지 몇 번이나 지도로 확인했기에 내 머리에 또렷이 각인되어 있었다.

이내 그 집을 찾았다. 산울타리가 둘러싼 일본풍의 아담한 집이었다.

'난바 가쓰히사'라고 붓글씨로 쓴 문패가 걸려 있었다.

여기가 '그놈'의 집인가?

멀리서 순찰차의 사이렌 소리가 들려왔다. 그 소리를 계기 삼아 대문을 열고 안으로 들어갔다. 산울타리 안쪽에도 수많은 나무가 들어서 있었다. 현관 앞에서 오른쪽으로 돌아 들어갔다. 정원이 있고, 정원을 향해 유리문이 나 있었다. 안쪽은 식당인 듯했다. 언뜻 보니 아무도 없었다.

유리문을 향해 두세 걸음 다가갔을 때 "난바 씨"라고 부르는 소리가 들렸다. 얼른 집 뒤쪽으로 숨었다. 살며시 현관 쪽을 보니 경찰이 안을 들여다보고 있었다. 목을 움츠렸다.

"아무도 없나 보군."

경찰은 한 명이 아닌 듯했다. 파트너와 뭔가 얘기를 주고받고 있었다. 잠시 후 그들이 떠나는 기척이 났다.

우리를 찾고 있는 게 분명했다. 그러면서 이웃 주민에게 주의하라고 당부하고 있을 것이다.

감시망이 어느 정도일까 상상해 보았다. 수상한 사람은 모두 검문을 하고 있을까? 나 같은 남자가 걸어 다니면 역시 조사해 봐야겠다고 생각하게 될까?

노보루의 제안 따위에 응하는 게 아니었다는, 이제 와서 후회한들 소용없다는 생각을 했다.

한동안 그곳에서 꼼짝도 하지 않고 있는데 대문이 열리는 소리가 났다. 집 뒤쪽에서 살며시 내다보았다. 백발의 마른 남자가 하얀 편의점 비닐봉지를 한 손에 들고 현관문을 열고 있었다.

그 옆얼굴은 분명 난바 가쓰히사였다. 순식간에 가슴이 방망이질을 치기 시작했다.

프로판가스 봄베 뒤에 숨어 집 안의 기척을 살폈다. 유리문 너머로 난바의 모습이 나타났다. 놈은 환기를 시키려는지 유리문을 열고는 방충망만 닫아놓았다.

당장 뛰쳐나가고 싶은 충동을 억누르고 가스 봄베에 몸을 기댄 채 가만히 생각에 잠겼다. 난바가 혼자인 건 틀림없다. 하지만 지금 나가면 그놈은 소리를 지를 테고, 그러면 이웃 사람들이 알게 돼 끝장이 날 것이다.

잠시 후 화장실에서 물 내리는 소리가 났다. 놈은 지금 화장실에 있다는 얘기다.

정원으로 나가서 주저하지 않고 신발을 신은 채 식당으로 들어갔다. 실내는 어두침침했다. 밖에서 보이지 않게 커튼을 치고 문 옆에 찰싹 달라붙어 안주머니에서 나이프를 꺼냈다.

화장실 문이 열리고 닫히는 소리가 들렸다. 놈이 복도를 걸어온다. 나이프를 움켜쥔 손에 땀이 배어났다.

놈의 백발이 보인 순간 얼굴 앞에 나이프를 들이댔다.

"조용히 해."

난바는 비디오의 일시 정지 버튼을 누른 것처럼 온몸이 굳었다. 그리고 천천히 내 쪽을 보았다.

"누구냐?"

"누구든 무슨 상관이야?"

아직 나에 대해 밝힐 생각은 없었다.

"앉아. 천천히."

난바는 허리를 꼿꼿이 세우고 식탁 의자에 앉았다.

"양팔을 의자 등받이 뒤로 돌려. 그리고 손목을 포개."

놈이 시키는 대로 하자 옆에 있던 수건으로 양 손목을 단단히 묶었다.

"1번지에 사는 할머니를 습격한 게 네 놈이냐?"

큰 소리를 내면 살해될 거라고 생각했는지 난바가 가느다란 목소리로 물었다.

"벌써 소문이 난 건가?"

"아는 경찰한테 들었다. 몹쓸 짓을 하는구나. 노인에게 돈을 빼앗다니."

"걱정 붙들어 매시지. 네 놈한테는 아무것도 빼앗지 않을 테니까 말이야."

한껏 위협적인 표정을 지으며 칼날을 난바의 뺨에 갖다 댔다. 놈의 몸이 경직되는 걸 느낄 수 있었다.

"뭔가를 빼앗는다면 아마 목숨이겠지. 섣불리 소란을 피운다면 말이야."

"언제까지 이러고 있을 작정이냐?"

난바가 나를 쏘아보았다.

"글쎄, 모르지. 아무튼 지금은 경찰들이 얼쩡거리고 있으니까 곤란하고 놈들이 철수하면 나도 여기서 나가는 걸로 하지."

"도망칠 수 있을 것 같으냐?"

"그럴 수 있을걸."

놈에게 얼굴을 가까이 들이대고 말했다.

"뛰는 건 자신 있거든. 옛날부터 말이야."

그러자 난바는 한순간 의아한 표정을 지었다.

## 2

거금을 손에 쥘 수 있는 일이 있다며 노보루가 내 아파트로 전화를 한 건 사흘 전이었다. 노보루는 내가 일하는 파친코 가게 맞은편에 있는 마작방에서 점원으로 일하고 있다.

"다만 조금 위험하긴 하지."

노보루가 목소리를 낮춰 말했다.

"뭘 하자는 건데?"

"그건, 아무튼 만나서 얘기하자고."

의미심장한 웃음소리가 수화기를 통해 들려왔다.

"일당은?"

"지금 시점에선 나랑 다카시."

다카시는 무직. 연상의 호스티스의 아파트에 빌붙어 살고 있다.

"흐음, 위험하다는 건 잡히면 끝이란 말이냐?"

"끝이야."

노보루가 짧게 대답하고 말을 이었다.

"아무튼 한동안은 바깥세상 공기를 쐬지 못하겠지. 그래도 말이야, 우리 같은 낙오자들이 팔자를 고치려면 한판 벌이는 수밖에 없다고."

내가 잠자코 있자 "생각 있으면 오늘 밤 일 끝난 뒤 내 아파트로 와라"라고 말하고 노보루는 전화를 끊었다.

그날 일을 하면서 어떻게 할지 망설였다. 노보루의 말투로 봐선 이제껏 용돈벌이 삼아 해 온 일과는 차원이 다른 듯했다. 사기꾼 흉내를 내는 짓이나 얌전해 보이는 학생에게 돈을 갈취하는 짓거리라면 여러 번 해 봤다.

낙오자라는 말이 귓가에 맴돌며 사라지지 않았다. 맞는 말이라고 생각했다. 나는 꼴좋게 낙오되었다. 고등학교 때였다. 그리고 그 후로 사회의 밑바닥에서 방황하고 있다.

"이봐, 유타. 화장실 청소해 두라고 했잖아."

가게 한구석에서 담배를 피우고 있는데 얼간이 니지마가 달려들더니 머리를 쥐어박았다. 월급쟁이 점장인 주제에 엄청 잘난 척이다.

내가 대꾸하지 않자 "뭐야, 그 눈깔은? 뭐 할 말이라도 있냐?"라며 목덜미를 잡았다.

"없습니다."

폭발할 것 같은 분노를 억누르며 목소리를 쥐어짰다.

"그럼 당장 해."

니지마가 손을 놓자마자 중년의 여자 손님이 우리 쪽으로 다가왔다.

"저기, 돈을 넣었는데 칩이 안 나오네요."

"네? 아, 그렇습니까? 죄송합니다. 저, 어느 기계였나요?"

니지마는 표정이 확 바뀌더니 실실 웃으면서 손님을 따라갔다. 나는 하는 수 없이 화장실로 갔다. 암모니아 냄새가 진동하는 공기를 들이마시면서 집게로 오줌 범벅이 된 담배꽁초를 변기 안에서 끄집어내며 이건 스무 살 먹은 남자가 할 짓이 아니라는 생각을 했다.

거금을 가진 할머니가 있다는 것이 노보루의 첫마디였다. 할머니는 혼자 살고 있고 이웃과 교제도 뜸하다고 했다. 하물며 그 거금을 은행에 맡기지 않고 늘 집 안에 숨겨둔다는 이야기였다.

"돈을 곁에 두지 않으면 마음이 놓이지 않는다는 노인이 의외로 많거든. 실은 그게 훨씬 위험한데도 말이야."

그러면서 다카시는 킥킥거렸다. 누런 이의 치근 부위가 좁아진 것은 방금 전까지 시너를 흡입했기 때문이다.

"할머니가 외출했을 때를 노리는 건가?"

내가 묻자 노보루는 얼굴을 찡그렸다.

"그런 골치 아픈 짓은 안 해. 돈을 찾는 것도 보통 일이 아니라고. 할머니가 있을 때 해치우는 거야. 세일즈맨으로 가장

해서 말이야. 집 안에만 들어가면 끝나는 일이라고."

"세일즈맨처럼 보이려면 그럴듯한 차림을 해야 하잖아. 양복이라든지, 넥타이라든지 그런 거 말이야."

다카시가 말했다.

"그것도 수수한 것이어야 한다고. 난 그런 거 없어."

"유타카는 어때?"

노보루가 나를 보며 물었다.

"한 벌 있어. 촌스럽긴 하지만."

평범한 회사에 일자리를 구하려고 없는 돈을 몽땅 털어서 산 양복이다. 물론 일자리는 얻지 못했다.

"촌스러운 게 낫다니까. 자, 그럼 나랑 유타카가 세일즈맨으로 가장해 집 안으로 들어간다. 다카시는 밖에서 망을 보고. 어이, 다카시, 친구 놈 차를 빌릴 수 있다고 했지? 집 근처에 세워놓고 바깥 상황을 알려줘."

"어떻게 알리라고?"

"좋은 물건이 있지."

노보루는 옷장 안에서 작은 상자를 끄집어냈다. 뚜껑을 열자 라디오 같은 것이 두 개 들어 있었다.

"트랜시버냐?"

내가 물었다.

"그렇지."

노보루는 싱긋이 웃었다.

"마작에서 돈을 왕창 잃은 전자제품 가게 아저씨가 전에 돈이 없다면서 가게 물건을 내놓았거든. 그때 건진 거야."

"잘 들리냐?"

한쪽 트랜시버를 들고 입구 쪽으로 가며 다카시가 물었다.

"당연하지."

노보루는 다른 쪽 트랜시버를 조작하더니 오늘은 쾌청하다고 말했다.

"하하하. 들려. 잘 들려."

"언제 할 건데?"

노보루에게 물었다.

"마음이 바뀌기 전에."

집에 돌아오자마자 할머니의 집을 지도에서 찾아봤다. 그때 처음 알게 되었다. 할머니의 집이 '그놈', 난바 가쓰히사의 집에서 가깝다는 것을.

할머니의 집은 오래된 목조 단층집이었다. 아직도 이런 집이 있나 싶어 조금 놀랐지만 주위를 둘러보니 비슷한 집이 몇 채나 되었다. 아무리 세상이 풍요로워졌다고 해도 모두 부자가 된 건 아니라는 얘기다.

우리가 방문하자 할머니는 조금 경계하는 빛을 보였다. 그렇긴 해도 우리가 세일즈맨이라는 말까지 의심하는 것 같지는 않았다. 오히려 세일즈맨이라고 생각해서 더 조심하는 듯했다.

"여윳돈이 없다. 돌아가."

돈을 모으는 데 안성맞춤인 상품이 있다는 말에도 할머니는 귀찮은 파리 쫓듯 손을 내저을 뿐이었다. 문틈으로 얼굴만 내밀고 우리를 안에 들이려 하지 않았다. 이런 낡은 집에도 도어체인은 버젓이 달려 있었다. 이웃 사람들이 수상쩍게 여기지 않을까 싶어 내심 조마조마했다.

한동안 버티다가 노보루가 말했다.

"그럼 조그만 선물과 팸플릿만 두고 가겠습니다."

그 말에 할머니의 표정이 조금 바뀌었다. 선물이라는 말에 마음이 움직인 모양이다. 그 틈을 타 얼른 가방에서 유명 백화점 포장지로 싼 빈 상자를 꺼냈다.

"흐음, 그냥 주는 거라면 받아두긴 하겠지만."

그렇게 말하며 할머니는 일단 문을 닫더니 도어체인을 벗기고 다시 문을 열었다. 동시에 나는 문손잡이를 힘껏 잡아당겼다. "앗!" 하고 소리를 낸 할머니의 입을 노보루가 막고 그대로 안으로 들어갔다. 나도 뒤따라 들어가 주위 상황을 살피며 문을 닫았다.

그 순간 심장이 거칠게 뛰었다. 건너편 집 2층 창문에서 사람 그림자 같은 것이 움직였기 때문이다.

"건넛집 사람이 봤을지도 몰라."

"뭐라고?"

노보루의 입가가 일그러지더니 내게 할머니를 맡기고 연락을 취했다. 할머니의 손발을 고무테이프로 감아 포박하고 입에는 재갈을 물렸다.

"알았지? 뭔가 낌새가 이상하면 바로 알려."

다카시에게 지시하고 나서 노보루는 칼을 꺼내 들었다. 할머니에게 칼끝을 들이대며 재갈을 풀었다.

"이봐, 할머니. 돈은 어디 있지?"

"돈 같은 건 없어."

할머니는 고개를 저었다.

"시치미 떼지 말라고. 있다는 거 알고 왔으니까. 할아버지의 유산을 고스란히 현금으로 가지고 있잖아. 당장 바른대로 말하면 살 수 있을 텐데."

노보루는 할머니의 주름투성이 빰에 칼을 들이댔다.

"죽이려면 죽여. 어차피 오래 살지도 못해."

"아아, 그래? 그럼 그렇게 하지. 돈은 할머니를 처리하고 나서 천천히 찾아도 되니까."

노보루는 칼끝을 할머니의 목에 갖다 댔다. 순간 할머니가 울음을 터뜨렸다.

"살려줘. 살려줘. 옷장 이불, 이불 속이야."

노보루가 내게 눈짓을 하자 갈색으로 색이 바랜 낡은 옷장 문을 열었다. 지저분하고 눅눅해 보이는 이불에서 할머니 냄새가 훅 끼쳤다.

옷장 맨 아래 촉감이 이상한 방석이 있었다. 끄집어내서 뜯어보니 그 안에 지폐 뭉치가 가득 들어 있었다.

노보루가 휘파람을 불었다.

“전부는 안 돼. 반만, 반만 가져가.”

“시끄러워!”

노보루가 할머니에게 다시 재갈을 물리려고 할 때 트랜시버에서 발신음이 울렸다. 이어서 다카시의 목소리가 들렸다.

“경찰이야. 지금 거기로 가고 있어.”

노보루의 얼굴을 보았다.

“빌어먹을. 숨자.”

노보루의 말이 떨어지자마자 갑자기 할머니가 큰 소리를 질러댔다.

“경찰 아저씨! 살려줘요.”

노인의 목소리라고는 믿기지 않는 큰 소리였다. 노보루가 할머니의 입을 막으려 했지만 한발 늦었다. 현관문을 두드리는 소리가 들렸다.

“도망치자.”

가까이 있는 창문을 열고 밖으로 뛰쳐나갔다. 노보루도 지폐 뭉치가 들어 있는 방석을 안고 내 뒤를 따랐다. 좁은 골목길을 온 힘을 다해 달렸다. 이윽고 뒤에서 소리가 났다. 돌아보니 제복을 입은 경찰 두 명이 쫓아오고 있었다.

나는 죽을힘을 다해 달렸다.

**3**

시계가 저녁 9시를 가리키자 텔레비전 전원을 켰다. 첫 뉴스는 외국 소식이었다.

"너희 얘기가 뉴스에 나오려면 좀 더 있어야 하지 않겠냐?"

난바 가쓰히사가 나직이 중얼거렸다.

"그런 건 나도 알고 있다고."

내뱉듯이 말했다.

"쓸데없는 소리 지껄이지 마."

난바는 한숨을 쉬더니 눈을 감았다.

담배를 꺼냈다. 마지막 한 개비였다. 불을 붙여 깊이 빨아들이고서 실내를 둘러보았다. 액자에 넣은 오래된 사진이 벽에 걸려 있었다. 야구부 유니폼을 입은 남자들이 나를 보고 있다. 유니폼 모양과 흑백사진의 바랜 상태로 봐서 제법 오래된 사진이라는 걸 알 수 있었다.

"저 사람들 중에 당신도 있나?"

내가 묻자 난바는 눈을 떴다.

"쓸데없는 소리 지껄이지 말라며?"

"묻는 말에 대답이나 해."

칼을 눈앞에서 흔들었다. 난바는 사진을 힐끗 보곤 "그래"라고 짤막하게 대답했다.

가까이 다가가서 찬찬히 사진을 들여다보았다. 난바는 바로 찾을 수 있었다. 지금보다 몸집이 훨씬 크고 당연히 얼굴도 젊지만 눈가에 그늘이 드리워져 있다. 젊은 난바가 입은 유니폼에는 '5'라는 숫자가 쓰여 있었다.

"3루수였나?"

"그래."

"고등학교 때는 아닌 것 같군."

"대학 때야."

"흥!"

코웃음을 쳤다.

"팔자가 좋으셨군. 대학까지 가셔서 야구를 했다니 말이야."

"혜택을 받은 건 사실이지. 나름 마음고생도 했지만."

"혜택을 받은 거라고."

내 목소리에는 원한과 질투의 감정이 서려 있었다.

"그래서 야구는 언제까지 하셨는데?"

"대학 중간까지."

"어째서?"

"팔꿈치를 다쳐서 투구를 할 수 없게 됐어. 프로야구에 뜻을 둔 적도 있지만, 그것도 맘대로 되지 않았지."

"흐음, 쌤통이군. 그렇게 세상이 만만하진 않다는 거야."

"그렇게 생각했지. 그때 나도."

난바는 나지막한 목소리로 조용히 말했다.

손에 칼을 든 강도에게 위협당하고 있다고는 생각할 수 없는 온화함에 한순간 당황했다.

"야구는 말이야, 어차피 놀이에 불과해. 인생이라는 둥, 삶의 보람이라는 둥 그따위 말은 다 멍청한 헛소리라고. 당신도 그만두길 잘한 거야."

내 말에 난바는 잠시 틈을 두고 나서 입을 열었다.

"그렇지. 분명 멍청한 짓이긴 하지. 그래도 난 정말로 야구를 그만두고 싶지 않았어. 그래서 그 후에……."

"그만둬."

칼을 흔들면서 놈의 얼굴을 노려보았다.

"그 후의 일 같은 건 아무래도 상관없다고. 그런 걸 쓸데없는 얘기라고 하는 거야."

난바는 험악하게 소리치는 나를 보며 두렵다기보다는 당혹스러운 표정을 지었다. 그러더니 어깨의 힘을 뺐다.

"맞는 말이야."

난바가 말했다.

"쓸데없는 얘기지, 분명."

'흥' 하고 콧방귀를 뀌고 텔레비전으로 눈길을 돌렸다. 정치가들의 부정부패에 관한 뉴스를 보도하고 있었다.

"날이면 날마다 똑같은 짓거리나 하고 자빠졌군."

그러고서 식탁 위에 놓여 있는 리모컨을 집어 들고 성급하게 채널을 돌렸다. 어느 채널을 틀어봐도 시시껄렁한 프로그램뿐이었다. 다시 뉴스 채널로 돌리자 '××시에서 노인 집을 습격한 강도가 도주 중'이라는 자막이 여성 앵커의 모습 아래 흐르고 있었다. 상체를 앞으로 내밀고 볼륨을 올렸다.

"야마다 씨 댁에 세일즈맨으로 가장한 2인조 강도가 들이닥쳤습니다. 범인은 야마다 씨의 손발을 묶고 목숨이 아까우면 돈을 내놓으라며 옷장에 들어 있던 현금 2,000만 엔을 약탈했습니다. 하지만 이상한 기척을 느낀 이웃 주민의 신고로 경찰이 출동했고, 경찰의 추격으로 몇 분 후 2인조 중 한 명이 체포되었습니다. 체포된 이는 ○○시에 사는 마작방 점원 나카미치 노보루, 스물한 살이며 갈취한 현금은 모두 그가 가지고 있었습니다. 또 현장 근처에 있던 수상한 젊은 남자도 붙잡혔습니다. 남자는 현장에 남아 있던 트랜시버와 똑같은 물건을 가지고 있었으며 강도의 친구로 추정되어 현재 경찰에서 조사 중입니다."

역시 노보루와 다카시는 잡혔다. 내가 잡히는 것도 시간문제라는 생각에 반쯤 체념했다. 팔자를 고치려면 위험을 무릅써야 한다는 것이 노보루의 주장이었지만, 우리 같은 낙오자는 강도짓도 제대로 해낼 수 없다는 소리인가 보다.

여성 앵커의 목소리가 이어지고 있다.

"용의자 나카미치의 진술에 의해 현재 도주 중인 용의자는 ○○시의 파친코 가게 점원 세리자와 유타카로 밝혀졌습니다. 스무 살로 현재 ×× 시내에 있는 것으로 추정되며……"

텔레비전 전원을 껐다.

조용해지자 이번에는 공기가 무거워졌다. 형광등 소리가 유난히 크게 느껴졌다. 냉장고에서 우유팩을 꺼내 컵에 따르지 않고 그대로 입을 대고 마셨다. 입가로 흘러내린 우유를 손등으로 닦으며 '휴' 하고 커다랗게 숨을 내쉬었다.

어느새 난바는 나를 보고 있었다.

"왜 그래? 내 얼굴에 뭐라도 묻었나?"

"네 이름이 세리자와인가?"

"아아, 그래. 그게 뭘 어쨌는데?"

"아냐."

난바는 고개를 젓고 식탁으로 시선을 떨어뜨렸다. 하지만 잠시 후 나를 살피려는 듯 고개를 들다가 눈이 마주치자 당황하며 눈길을 돌렸다.

혹시 눈치챈 게 아닐까 싶었다. 하지만 곧바로 그런 생각을 부정했다. 이놈이 나를 기억할 리 없다. 이놈에게 그 일은 수천, 수만 번은 내렸을 판정 중 하나에 지나지 않는다.

## 4

10시가 지나 커튼 틈새로 바깥 상황을 살폈다. 말소리가 들렸기 때문이다. 경찰관 두 명이 집 옆길을 걸어가는 모습이 보였다. 내민 얼굴을 얼른 숨겼다.

"끈질긴 놈들이군. 꼼짝도 할 수 없잖아."

나도 모르게 입에서 약한 소리가 튀어나왔다.

"왜 하필 할머니 집을 턴 거지?"

한동안 침묵하던 난바가 불쑥 물었다.

"돈을 가지고 있으니까. 그런 노인네가 2,000만 엔이나 가지고 뭘 할 건데? 우리가 그 돈을 갖는 게 훨씬 쓸모 있다고. 그렇게 생각하지 않아?"

"그렇지만 그것 때문에 경찰에 붙잡혀서야 말짱 헛일이지. 한 번 전과자로 낙인찍히면 되돌릴 방법도 없고."

"설교를 할 작정인가?"

"그게 아냐. 수지가 맞지 않는다는 얘기를 하는 거야."

"그러니까 성실하게 일하라는 말인가? 농담하지 말라고. 우리 같은 놈들은 성실하게 일하려고 해 봐야 어차피 수지가 맞지 않는 일밖에 돌아오지 않아. 그럴 거면 차라리 한탕 벌여보자고 마음먹게 된다고."

식탁 다리를 걷어찼다.

"학교는?"

"뭐?"

"학교 말이다. 고등학교는 다녔을 거 아니냐."

난바는 내게 진지한 눈길을 보냈다. 왜 이런 얘기를 꺼내는지 마음에 걸렸다.

"그래, 3학년 가을까지 다녔지."

"가을이라, 졸업까지 얼마 남지도 않았을 때군. 여름에 무슨 일이 있었던 거냐?"

"닥쳐. 내 일에 참견 말라고. 당신 목숨이나 걱정해."

손에 칼을 든 채 식탁을 내리쳤다. 칼자루가 식탁에 부딪혀 표면에 흠집이 났다. 다시 침묵이 이어졌다.

"너 말이다."

난바가 다시 입을 열었다.

"배고프지 않냐? 여기 와서 아무것도 먹지 않았잖아."

대답하지 않자 그는 말을 이었다.

"아까 집 근처 가게에서 컵라면을 사왔어. 그 봉투 안에 있다. 먹고 싶으면 먹어. 뜨거운 물은 포트에 들어 있을 거다."

배에 손을 얹고 텔레비전 옆에 놓여 있는 봉투와 놈의 얼굴을 번갈아 보았다. 아닌 게 아니라 배가 고팠다.

"그래? 그럼 먹어주지."

컵라면의 비닐을 벗겨 뚜껑을 열고 뜨거운 물을 부었다. 하지만 난바가 왜 내게 먹을 것을 주는지 그 진의는 알 수 없었다.

"여기서 나가면 어떻게 할 생각이냐?"

입 안 가득 라면을 물고 있는데 난바가 물었다.

"네 이름이 이미 경찰에 알려졌으니 다시 시작하는 것도 쉽지 않을 것 같은데."

"그런 건 일단 도망치고 나서 생각해도 늦지 않아."

"자수하면 어떨까?"

"뭐라고?"

눈을 부릅떴다.

"할머니를 해친 것도 아니고 돈도 주인에게 되돌아갔잖아. 지금 자수하면 중죄는 되지 않을 것 같은데."

다시 칼을 움켜쥐고 팔을 뻗어 난바의 눈앞에 칼날을 들이댔다.

"나한테 명령하지 말라고. 당신이 뭔데 이래라저래라 떠들어대는 거야?"

"넌 아직 젊어. 얼마든지 다시 시작할 수 있어."

"명령하지 말라고 했지? 특히 네 놈이 이래라저래라 하면 화가 치밀어 오른다고."

의자에서 일어났다. 그때 밖에서 소리가 났다.

"난바 씨, 난바 씨."

남자 목소리였다. 현관문을 두드리고 있다.

"저 목소리는 아까 말한, 내가 아는 경찰이야. 내가 집에 있다는 걸 알고 있어. 나가지 않으면 수상하게 여길 거다."

"닥쳐. 내가 그 수법에 넘어갈 것 같아? 소리 내지 마."

난바 옆에 서서 숨을 죽이고 귀를 기울였다. 그러자 발소리가 현관에서 이쪽으로 다가왔다. 커튼 틈새로 보일지도 모른다. 심장이 마구 뛰고 온몸이 뜨거워졌다.

"손을 풀어줘. 너한테 나쁘게는 하지 않아."

난바가 말했다.

내가 망설이자 "어서!"라고 재촉하며 준엄한 표정을 지었다.

난바의 손을 묶은 수건을 풀고 복도로 도망쳤다. 그러자마자 유리문을 두드리는 소리가 났다.

"난바 씨, 난바 씨."

"네, 네, 나갑니다."

난바의 대답에 이어 유리문을 여는 소리가 들렸다.

"아이고, 경관님, 무슨 일이신가요?"

"아, 역시 계셨군요. 예의 강도 일당 중 한 명을 아직 잡지 못했거든요. 그래서 이렇게 계속 순찰을 돌고 있죠. 이 부근에 있는 건 틀림없는 것 같거든요."

"그거 참 불안하네요."

"난바 씨도 덧문을 잠그세요. 그리고 2층 방에도 불을 켜놓으시는 게 좋을 것 같네요."

"네, 그렇겠네요. 그러죠. 정말 수고 많으십니다."

잠시 후 덧문을 닫는 소리가 들렸다. 그 소리가 잦아든 후에야 식당으로 돌아갔다.

"당분간은 나가지 않는 게 좋겠다."

내 얼굴을 보며 난바가 말했다.

"왜 경찰에게 거짓말을 한 거지? 바른대로 불었으면 지금쯤 난 잡혀갔을 텐데."

"네가 자수하기를 바라기 때문이지. 그러려면 일단 도망칠 수 있게 해야 하니까."

"알 수가 없네. 왜 그렇게까지 나를……"

"그럼 묻겠는데, 넌 왜 여기 온 거지?"

난바의 질문에 한순간 말문이 막혔다.

그가 덧붙였다.

"내 탓이라고 생각하기 때문이지? 네가 이렇게 된 건 결국 내 탓이라고."

크게 숨을 들이쉬고 천천히 내뱉었다.

"알고 있었군. 내가 누군지."

"세리자와라는 성을 듣고 확신했지. 가이요 고등학교의 세리자와 선수. 실은 그전에도 어쩌면 그럴지도 모른다는 느낌이 있긴 했다. 그 누구보다도 널 또렷이 기억하고 있으니까."

"엉뚱한 소리 하지 말라고."

"거짓말 아니야. 그래서 네 심정도 잘 안다."

이상하리만치 난바는 차분했다. 수도꼭지를 틀어 입을 대고 물을 마시고서 그를 돌아보았다.

"그래. 당신 탓이야."

신음하듯이 말했다.

"결국 당신 때문에 내가 이렇게 된 거야. 당신의 그 잘못된 판정 때문이라고."

"그 아웃을 말하는 거로군."

"그건 세이프였어."

내가 소리쳤다.

## 5

2년 전 여름, 우리 학교 야구부는 지역구 예선 결승전에 진출했다. 이기면 그토록 염원하던 고시엔(일본 고교야구 선수권 대회)에 출전할 수 있는 중요한 경기였다.

초반은 투수전이었다. 양쪽 팀 모두 주자가 거의 나가지 않았다. 누구나 1점 승부가 될 거라고 생각했다.

중반에 접어들자 판세가 움직이기 시작했다. 우리 학교가 선취점 2점을 뽑았고, 다음 이닝에서는 상대 팀이 1점을 획득했다.

1점을 앞선 채로 후반에 접어들었다. 우리 학교 응원석은 그야말로 축제 분위기였다. 하지만 경기를 하는 우리는 들떠 있을 여유가 없었다. 여기서 이기면 꿈에도 그리던 고시엔에 진출할 수 있다고 생각하자 긴장으로 몸이 굳어 제대로 말을 듣지 않았다.

그 긴장이 나쁜 쪽으로 나타났다. 8회 초 갑자기 투수의 페이스가 흔들리는 바람에 3점을 빼앗긴 것이다. 4 대 2. 그런 상황에서 8회 말 공격이 밋밋하게 끝나자 누구나 경기가 이미 끝난 것이라고 낙담했다. 우리도 그랬다. 역시 올해도 고시엔에는 나갈 수 없구나, 그렇게 생각했다.

9회 초는 득점 없이 끝나고 우리의 마지막 공격으로 접어들었다. 거기서 우리는 저력을 발휘했다. 선두 타자가 안타를 치고 다음 타자도 포볼을 얻어내 진루했다. 무사 1, 2루에서 내가 칠 차례가 되었다. 나는 2번 타자였다.

감독이 보낸 사인은 희생번트였다. 2, 3루를 채워서 일타 동점을 노릴 생각이었을 것이다. 타당한 작전이었다.

그렇지만 타당하다는 얘기는 상대도 당연히 그 작전을 예상했을 것이라는 의미니 단순히 번트라고 해도 쉬운 일은 아니었다. 나는 두 번째 볼을 3루 쪽으로 굴렸다. 주자를 3루로 나아가게 할 경우의 철칙이다. 하지만 볼의 속도를 조절하지 못했다. 3루수가 맹렬한 기세로 달려오는 모습이 눈에 들어왔다. 큰일 났다 싶었다. 자칫 잘못하면 2루, 1루로 던져 병살이 될 판이었다.

3루수는 2루수에게 속구를 던졌다. 이어서 2루수가 1루로 던졌다. 나는 죽을힘을 다해 베이스에서 뛰쳐나갔다. 기도하는 심정으로 뒤돌아보자 심판이 양손을 크게 벌리고 있었다. '휴' 하는 안도의 소리가 응원석에서 일었다. 물론 가장 안도한 건 나였다. 하지만 1사 1, 3루가 되었다. 1안타로는 동점이 되지 않는다.

어떻게든 실수를 만회해야 한다고 생각했다. 머리에 떠오른 생각은 다음 타자가 안타를 치면 어떻게든 3루까지 진루해야 한다는 것이었다. 그러면 1점 차로 1사 1, 3루가 될 것이고 희생플라이(3루 주자가 득점할 수 있도록 외야로 높이 쳐올린 공)로도 동점이 될 수 있다.

그 안타가 나왔다. 1루와 2루 사이를 뚫고 나간 안타였다.

타구의 속도와 적의 수비 위치로 미루어 볼 때 3루까지 갈 수 있을지 어떨지 모호한 상황이었지만, 망설이지 않고 2루 베이스를 밟고 3루를 향해 내달렸다.

글러브를 끼고 기다리는 3루수의 모습이 바로 앞에 보였다. 그리고 그 뒤에서 3루 코치가 필사적인 몸짓으로 슬라이딩을 지시하고 있었다. 머리부터 3루를 향해 돌진했다. 왼손 끝이 베이스에 닿자마자 3루수가 어깨를 터치하는 걸 느낄 수 있었다. 순간 세이프라고 확신했다.

그런데 한 박자 늦은 심판의 판정은 나를 어리둥절하게 하는 것이었다.

"아웃!"

내 귀를 의심하며 심판을 올려다보았다. 놈은 역시 오른손을 치켜들고 있었다.

상대 팀의 응원석에서 함성이 일었다. 그리고 그 함성 소리보다 더 큰 낙담의 목소리가 우리 쪽 응원석에서 흘러나왔다.

일어나서 항의하려고 심판 쪽으로 한 발짝 다가갔다. 심판은 '뭐야?' 하는 눈으로 나를 보고 있었다.

"세리자와!"

3루 코치의 음성이 들려왔다.

"당장 들어가."

입술을 깨물고 벤치로 물러났다. 도중에 몇 번이나 그 심판을 돌아보았다. 왜 그게 아웃인가. 내 쪽이 분명 더 빠르지 않았던가. 세이프였다고. 멍청한 자식, 오심이나 하고. 왜 항의하면 안 되는 건데? 오심 판정을 받고 참으라는 말인가?

2사 1루가 된 우리 팀에는 더 이상 물고 늘어질 기력이 남아 있지 않았다. 다음 타자가 평범한 외야 플라이를 쳐올린 시점에서 우리의 여름은 끝났다.

경기장에서 돌아가는 길에 나를 향한 모두의 시선은 차가웠다. 신경 쓰지 말라고 말해준 이도 있었지만, 선수들 대부분이 시합에 진 것은 내 탓이라고 생각하는 듯했다.

내가 폭주한 탓이라고.

그리고 그런 차가운 시선은 야구부에만 국한된 것이 아니었다. 여름방학이 끝난 후에도 학교 전체가 내게 무언의 압력을 가했다. 중학생이던 남동생도 학교에서 괴롭힘을 당할 정도였다.

"그 누군가가 그때 폭주만 하지 않았어도 말이야."

내 앞에서 노골적으로 빈정거린 놈도 있다. 축구부 놈이었다. 그놈을 팼다. 그것이 문제가 되어 우리 야구부는 대외 경기 출전 금지 직전까지 몰렸다. 그걸 막기 위해 다른 3학년생보다 한발 일찍 야구부를 탈퇴할 수밖에 없었다.

모두가 나를 피하는 것 같았다. 학교에 가기 싫어 매일 수상쩍은 곳에서 적당히 시간을 때웠다. 그러다 질 나쁜 녀석들과 어울리기 시작했다.

고등학교를 그만두고 집을 뛰쳐나오기까지 그리 오랜 시간이 걸리지 않았다. 비탈길에서 굴러 떨어진다는 것은 바로 그런 것이다. 어느새 나는 밤의 유흥가를 어슬렁거리며 시너나 환각제를 팔고 있었다.

그래도 몇 번인가 제자리로 돌아가려고 시도한 적이 있다. 하지만 사회는 그런 나를 인정해 주지 않았다. 한 번 낙오된 인간에게 세상은 '노(No)'라는 말밖에 돌려주지 않았다.

파친코 가게에서 얻어준 다다미 석 장짜리 방에서 자다가도 종종 그 마지막 경기를 떠올렸다. 그건 세이프였다. 그것을 아웃으로 판정한 그 심판의 얼굴이 잊히지 않았다. 그놈 때문에 이렇게 되고 만 것이다.

그 심판의 이름과 주소는 알고 있었다. 경기가 끝난 후 편지를 보내 항의할 생각으로 알아둔 것이다. 결국 편지를 보내는 일은 없었지만.

그 이름을 떠올릴 때마다 증오심을 키워나갔다. 어쩔 도리가 없다는 것을 알고 있기에 원망이라도 한 것이다.

## 6

“부탁이야. 사실을 말해달라고.”

난바에게 말했다.

“그건 세이프였어. 각도가 나빠서 잘 보이지 않은 거야. 그래도 아웃 아니면 세이프, 둘 중 하나로 판정을 내려야 하니까 아무렇게나 아웃이라고 한 거야. 그렇지?”

그러자 난바는 턱을 당기고 가슴을 크게 들썩이더니 무겁게 입을 열었다.

“심판은 아무렇게나 판정을 내리지 않아.”

“그럼 잘못 본 거야. 내 쪽이 더 빨랐다는 건 내가 누구보다 잘 알아. 이봐, 당신. 그때는 자신만만한 표정을 짓고 있었지만 실은 불안했지? 오심이 아닐까 불안하지 않았느냐고. 솔직히 말해봐. 아무도 듣고 있지 않잖아.”

하지만 난바는 입을 다물고 있을 뿐이었다. 결국 놈의 목덜미를 잡고 흔들었다.

“솔직히 말해. 응? 세이프였지? 내 손이 먼저 베이스에 닿았잖아. 이봐, 말해보라고. 잠자코 있지만 말고 말을 해 봐.”

그러자 난바는 괴로운 표정을 지으며 입을 열었다.

“분명 네 손이 먼저였어.”

놈의 목덜미를 잡고 있던 손을 놓았다.

"그럼 세이프라는 걸 인정하는 거지?"

"아니, 아웃이야."

"뭐라고?"

"판정은 바뀌지 않는다."

"이 새끼가!"

칼을 얼굴 앞에 들이댔지만 이미 그런 위협에는 익숙해졌는지 놈은 안색도 바뀌지 않았다. 그저 뚫어지게 나를 쳐다볼 뿐이었다.

"그래? 알았어. 심판의 위엄 따위가 그렇게 중요하단 말이지?"

놈에게 등을 돌렸다.

"잠깐만, 어디 가는 거야? 지금 나가는 건 위험해."

"닥쳐! 나한테 명령하지 말랬지? 네 놈 얼굴 따위 더 이상 보고 싶지 않다고."

고함을 치고 현관을 나섰다. 차가운 공기가 뺨에 와 닿았다.

밤거리를 달리기 시작했다. 운 좋게 경찰에게 발각되지 않았다. 30분쯤 달렸을 때 앞쪽에 작은 공원이 보였다. 좀 더 멀리 도망가는 게 낫지 않을까 하는 생각이 들었지만 다리가 지칠 대로 지쳐 있었다.

공원 안으로 들어갔다.

담배와 주스 자동판매기가 있고 그 앞에 벤치가 놓여 있었다. 주스를 사서 마시고 빈 깡통을 재떨이 삼아 담배를 피웠다.

난바의 말을 떠올렸다.

'네 손이 먼저였어.'

놈은 분명히 그렇게 말했다. 그렇다면 세이프다. 역시 세이프였던 것이다. 틀리지 않았다. 내가 잘못한 게 아니었다. 그것 보라고. 내가 생각한 대로다.

담배를 끄고 벤치 위에 드러누웠다.

머리가 조금 묵직했다.

나를 비난하던 놈들의 얼굴이 차례차례 떠올랐다. 부원들의 차가운 시선. 경멸 어린 동급생들의 표정. 보란 듯이 보여주겠다. 이제 그럴 수 있다.

그렇긴 해도 난바 그놈.

왜 세이프라고 말해주지 않는 것일까?

어깨를 흔드는 기척에 눈을 떴다. 순간 멍한 상태로 몸을 일으켰다.

여기가 어디지?

"주소는?"

남자 목소리가 들렸다. 손으로 얼굴을 문지르고 눈앞에 서 있는 두 사람을 올려다보았다.

둘 다 제복을 입고 있었다.

## 7

난바 가쓰히사가 면회를 온 것은 구치소에 들어간 지 일주일째 되는 날이었다. 난바는 회색 양복을 깔끔하게 차려입고 있었지만 왠지 그날 밤보다 작아 보였다.

"네가 아직도 나를 원망하고 있을 거라는 생각이 들어서 온 거다. 나를 원망하는 건 상관없지만 오해를 하고 있으면 너에게도 좋지 않을 거라는 생각이 들어서 말이야."

"뭐가 오해라는 거야?"

유리문을 사이에 두고 말했다.

"내가 이 면회를 받아들일 마음이 생긴 건 당신의 판정을 듣고 싶었기 때문이야. 세이프라고 말이야."

그러자 난바는 괴로운 듯 눈살을 찌푸리고 천천히 눈을 한 번 깜빡이더니 새삼스레 나를 보았다.

"그건 아웃이었어."

"이 새끼가!"

"잠자코 들어봐."

난바는 오른손을 펼쳐서 내 얼굴 앞에 내밀었다.

"그날 밤에도 말했듯이 분명 네 손이 베이스에 닿은 게 3루수가 네 어깨를 터치한 것보다 빨랐어. 그래서 나도 일단 세이프 판정을 하려 했지."

"왜 하지 않았는데?"

"세이프라고 말하려는 순간 떨어졌어."

"떨어져?"

"네 손가락이 말이다."

"아!"

쿵 하는 소리가 귓속에서 울렸다. 전신의 피가 역류했다.

"말 같지도 않은 소리를."

"거짓말이 아냐. 네 그 왼손 손가락 말이다. 나는 지금도 비디오테이프처럼 선명하게 떠올릴 수 있어. 1초의 몇 분의 1이라는 짧은 순간이었지만 분명히 떨어졌다."

"거짓말이야. 그럴 리 없어."

"그때 넌 나한테 무슨 말인가 하려고 했지. 항의하고 싶었던 거겠지. 실은 나도 너한테 설명하고 싶었다. 왜 그게 아웃인지. 몇 번이나 나를 돌아보면서 벤치로 향하던 네 모습이 가슴속 깊이 새겨져 그 후에도 잊히지 않았다. 가이요 고등학교의 세리자와 선수. 그를 만나고 싶다는 생각을 했어. 설마 그런 식으로 대면하게 되리라고는 꿈에도 생각지 않았지만. 사실은 그날 밤 얘기하고 싶었다. 하지만 그러면 네가 더 깊은 상처를 받을 것 같아 결국 그러지 못했지."

"거짓말이야. 엉터리!"

자리에서 일어나 유리문을 쳤다.

"그건 세이프야. 손가락이 떨어졌을 리 없다고."

담당 교도관이 달려와 나를 면회실에서 끌고 나갔다. 끌려가면서도 계속 고함을 쳐댔다.

하지만 교도관에게 이끌려 긴 복도를 걸어가면서 그랬을지도 모른다고 멍하니 생각했다. 3루를 향해 슬라이딩했다. 세이프라고 생각했다. 그래서 다음 순간 마음을 놓았다. 손가락. 손가락은 어땠을까? 제대로 베이스를 붙잡고 있었을까?

나는 늘 그러니까.

중요한 순간에 방심하고 마음을 놓는다.

그래서 이번에도 잡힌 것이다.

# 죽으면 일도 못 해

## 1

눈을 끔벅거리고 요 며칠 사이 완전히 버릇처럼 입에 밴 "아, 졸리다~ 졸려"를 주문처럼 읊조리면서 오늘 아침에도 공장으로 향하는 논두렁길을 걷고 있었다. 시골의 공장이라고 하면 으레 촌스러운 이미지를 떠올리지만, 전방으로 멀찍이 보이는 은색 건물은 지구방위군의 기지인가 싶을 정도로 거대한 건축물이다. 그래서 저 정도 규모라면 시내에서 대지를 확보하기란 불가능했을 거라고 받아들일 수밖에 없다.

주위를 둘러보면 나처럼 반쯤 자는 듯한 얼굴로 스무 살 안팎의 남자들이 줄줄이 걷고 있다. 이 길로 통근하는 사람들은 공장에서 3킬로미터쯤 떨어진 곳에 있는 독신자 기숙사에 사는 직원이 대부분이다. 그러니까 평소에는 이 길로 공장과 기숙사를 왔다 갔다 할 뿐이다. 굳이 옷을 갈아입을 필요도 없다는 듯 꾀죄죄한 작업복 차림으로 통근하는 이들도 제법 된다.

오늘은 월요일이니 그렇지 않지만 여느 때라면 반대 방향에서 걸어오는 이들도 있다. 시차 근무, 그러니까 밤을 새워 근무한 직원들이다. 개중에는 아는 얼굴도 있어서 "어, 끝났냐?", "그래, 넌 지금부터냐?" 같은 보기만 해도 뻔히 알 수 있는 무의미한 대화를 주고받기도 한다.

대부분의 부서에서 2주 동안 주간 근무를 하고 1주 동안 야간 근무를 하는 교대제를 실시하고 있다. 지금 내가 일하는 부서도 그렇다. 실은 지난주가 밤 근무였다. 밤 근무는 월요일 밤부터 시작해 금요일 또는 토요일 밤에 끝난다. 심지어 일요일 아침까지 일하고 월요일 아침에 다시 출근하는 최악의 패턴이었다. 밤을 새워 졸려도 일요일에는 논다. 어제처럼 데이트라도 하게 되면 귀가가 늦어지기도 한다. 그러면 이틀 분의 수면 부족을 달고 월요일 아침을 맞게 되는 것이다. 내가 '졸리다, 졸려'를 연발하는 데는 그런 이유가 있었다.

멍한 머리로 공장에 들어가 타임카드를 찍고 라커룸에서 기름내 나는 작업복으로 갈아입었다. 그리고 '전자식 연료분사 인젝트 제조실'이라는, 평범한 사람이라면 평생 몰라도 지장이 없을 물건을 만드는 부서로 향했다.

하지만 곧바로 가는 건 아니다. 먼저 자동판매기에서 종이컵 커피를 뽑아 들고 부서로 가는 것이 일과다.

그런데 자동판매기가 있는 휴게실로 가니 그 입구에 사람들이 모여 있었다. 우리 부서의 반장도 있었다. 반장은 안경을 쓰고 콧수염을 기른 중년 남자로 이런 거대한 공장에 있는 것보다는 시내 공장에서 주판알을 튕기는 쪽이 어울릴 법한 타입이다.

반장에게 다가가 물었다.

"무슨 일입니까?"

반장은 "어, 왔나?"라고 의례적인 인사말을 던지고는 바로 말을 이었다.

"여기 문이 잠겨 있어서 열리지 않아."

반장은 아침 커피를 마시지 못하는 데 대한 불만을 얼굴 가득 드러냈다.

"여기 문을 잠그는 건 드문 일인데, 무슨 일이죠?"

"그게 말이지, 누군가가 쓰러져 있는 모양이야."

"네? 왜요?"

"왜라니? 그런 건 내 쪽에서 묻고 싶다고. 이봐, 문이 열리거든 내 커피도 좀 사다줘."

반장은 그렇게 말하고 자리를 떴다.

사람들을 헤치며 앞으로 나아갔다. 문에는 유리창이 달려 있어 안을 들여다볼 수 있다. 휴게실은 자동판매기 몇 대와 벤치 몇 개 그리고 텔레비전이 한 대 놓여 있을 뿐인 살풍경한 방이다. 유리창에 얼굴을 대고 안을 들여다보았다.

남자 한 명이 콜라 자동판매기 앞에 쓰러져 있었다. 등을 돌리고 있어 얼굴은 볼 수 없다. 하지만 우리가 입고 있는 베이지색 작업복이 아닌 회색 유니폼을 입은 걸 보면 제조부에 근무하는 생산직 노동자는 아닌 듯했다.

“젠장, 어떻게 된 거야?”

내 옆에 서 있던 질이 나빠 보이는 남자가 소리쳤다. 너 나 할 것 없이 사람이 쓰러져 있는 것보다는 일을 시작하기 전에 커피나 주스를 마실 수 있을지 걱정하는 모습이었다. 점점 많은 사람이 모여들고 웅성거림도 커져갔다.

“자, 자, 비켜요.”

그곳에 자칭 자위대 출신이라는 수위 아저씨가 나타났다. 아저씨는 사람들의 주목을 받자 마치 유명인사라도 되는 양 이상하게 거드름을 피우며 열쇠로 문을 열었다.

문이 열린 순간 우르르 뒤에서 떠밀었다.

뭐가 뭔지 정신을 차릴 틈도 없이 사람들에게 떠밀려 어느새 자동판매기 앞에 서 있었다. 커피를 마시고 싶은데 눈앞에는 ‘죽으면 일도 못 해’라는 광고 카피로 화제가 된 영양드링크제 자동판매기가 있었다. 순간 흠칫했지만 휴게실은 콩나물시루 같은 상태여서 이제 와서 다시 커피 자동판매기 앞에 가 줄을 설 여유는 없었다.

하는 수 없이 ‘죽으면 일도 못해’를 사기로 했다. 그걸 마시고 있는데 말소리가 들렸다.

“가까이 오지 말아요. 가까이 오지 마.”

방금 전 그 수위 아저씨였다. 고개를 돌려보니 쓰러진 남자 옆에 한쪽 무릎을 꿇고서 얼굴을 들여다보고 있었다. 그러다 수위는 "으악!" 하고 소리를 질렀다.

"이봐요, 누가 구급차 좀 불러줘. 죽었는지도 몰라."

여기저기서 웅성거림이 일어나고 가까이 있던 직원들은 일제히 뒤로 물러섰다. 그래도 자동판매기 앞에 늘어선 줄은 흐트러지지 않았고 순서만큼은 철저히 지키고 있었다.

"어머, 무서워요"라고 말하면서 주스를 사는 여직원도 있었다.

'죽으면 일도 못 해'를 마시면서 쓰러져 있는 남자의 얼굴을 조심조심 들여다보았다.

그 순간 입안의 것이 튀어나왔다.

"뭐야! 더럽게! 무슨 짓이야?"

수위 아저씨가 화를 냈다.

"이, 이 사람, 우리 계장님이에요."

사레들린 목소리로 말했다.

## 2

어릴 때부터 기계 만지는 걸 좋아해서 장래에는 엔지니어가 되리라 마음먹었다. 엔지니어라는 말에는 어딘지 선구적 인물이라는 울림이 있었다. 고등학생쯤 되자 아니나 다를까, 그런 환상은 사라지고 엔지니어란 기술직 샐러리맨에 불과하다는 사실을 깨닫게 되었다. 하지만 그래도 그 길로 나아가는 데 망설임은 없었다.

지난 4월에 대학을 졸업하고 입사한 회사는 자동차 부품에 관한 한 일본에서 세 손가락 안에 드는 업체였다. 연간 매출 2조 엔, 직원 수가 4만 명에 이른다 하니 엄청난 대기업인 셈이다. 부모님도 만족하셨다.

한 달에 걸친 연수 기간 후 우리 대졸 신입사원 300명은 각 부서에 배치되었다. 나는 본사의 생산설비개발부라는 곳에 배치되었다. 요컨대 공장의 생산설비를 만드는 부서다. 그중 제2시스템과가 내가 속한 곳이다. 과장 밑으로 계장이 두 명, 평사원이 나를 포함해 딱 열 명인, 그다지 크지 않은 부서였다.

하야시다 계장이 나를 돌봐주었다. 그는 30대 중반임에도 동안인 데다 피부는 하얗고 눈을 늘 동그랗게 뜨고 있어 뭐에 놀라기라도 한 듯한 얼굴이었다. 학창 시절 반마다 꼭 한 명은 있게 마련인 순진한 공부파로 걸핏하면 얼굴이 빨개지는 그런 소년이 어른이 되면 틀림없이 이렇게 될 것이라는 생각이 드는 사람이었다.

"회사에서 가장 중요한 건 신용이라고."

하야시다 계장이 내게 처음 한 말이었다.

"그야 물론 상사의 도장이 찍혀 있으면 누구도 불평하지 않을 테고 우리 회사 명함을 내밀면 어떤 업자라도 비위를 맞추려 들지. 그래도 말이야, 역시 자기 이름을 걸고 일하지 않으면 만에 하나 일이 생겼을 땐 큰일이라고."

그런 말이 무색하지 않을 만큼 하야시다 계장의 신용은 부서 내에서도 단연 으뜸이었다.

"하야시다 계장은 뭐라는데? 괜찮다고 했어? 그래? 그 사람이 그렇다고 하면 말할 것도 없어. 그래, 괜찮겠지. 그걸로 하지."

선배들이 다른 부서 직원들과 미팅할 때 이런 말이 상대방 입에서 튀어나오는 건 드문 일도 아니었다. 흐음, 하야시다 계장은 대단한 사람이구나 싶어 감탄했지만, 사람의 견해란 다양해서 하야시다 계장의 업적을 누구나 인정하는 건 아닌 듯했다.

그 점에 관해 한 선배는 이렇게 말했다.

"돌다리도 두드리고 건넌다고 할까. 아무튼 평범하고 안전한 방법을 선택하는 사람이야. 아니, 그야 물론 좋은 거지. 그래도 윗사람에게는 그런 방법이 잘 먹히는 것 같지 않아. 그래서 과장님도 하야시다 계장이 별로 마음에 들지 않는 모양이야."

흠, 그런 걸까? 우리 과장은 기술자라기보다 무슨 해결사 같은 분위기를 풍기는 사람이다. "이봐, 이쯤에서 슬슬 한탕 벌여볼까?"라는 말을 입버릇처럼 달고 다닌다.

하야시다 계장을 따라다니며 이런저런 업무를 보고 잡무를 거들기도 하며 한 달이 지났을 무렵 인사부에서 불길한 통지가 날아들었다. 대졸 신입사원을 현장 실습에 내보낸다는 내용이었다. 신입사원은 실제 업무를 보기 위해서도 반드시 현장을 피부로 익혀둘 필요가 있다. 그러기 위해서는 생산직 근로자와 함께 일해보는 것이 제일이다. 그런 부연 설명이 쓰여 있었다.

"인젝션 공장에는 나도 때때로 가지. 현장에 얼굴을 알린다는 생각으로 열심히 해 봐. 그리고 몸조심하고."

현장 실습을 한 주 앞두고 하야시다 계장은 격려하듯이 내게 그렇게 말했다.

실습할 공장은 본사에서 30킬로미터 떨어진 곳에 있다. 우리는 실습 기간에 독신자 기숙사 옆에 있는 계절 근로자용 기숙사를 쓰기로 되어 있었다.

그렇게 낮 근무 2주, 밤 근무 1주인 생활이 시작되었다. 그런데 현장 실습도 익숙해지고 보니 제법 재미있는 일이 많았다. 반장은 재미있는 사람이고 다른 직원들도 다 좋은 사람이었다. 개중에는 "제대로 일하라고, 어차피 두 달 후에는 책상 앞에서 펜대만 굴리고 있을 테니까 말이야"라고 노골적으로 빈정거리는 사람도 있었지만, 그런 놈은 너나없이 모두 싫어하는 사람이었기에 딱히 신경 쓸 필요도 없었다.

본인이 말한 대로 하야시다 계장은 일주일에 한두 번꼴로 공장에 오는 듯했다. 때때로 내가 일하는 곳으로 찾아오기도 했다. 하야시다 계장은 얼마 전 다른 생산 라인에서 도입한 설비를 정비하고 있다고 했다.

"어때? 힘드나?"

컨베이어 앞에서 부품 같은 것을 조립하고 있으면 하야시다 계장이 주위를 신경 쓰는 듯 허리를 구부리며 말을 걸어왔다.

"그럭저럭 해내고 있습니다."

일손을 멈추지 않고 대답했다. 손을 멈추면 제품이 순식간에 내 앞에 쌓여버리기 때문이다. 그걸 알고 있는 계장도 그 이상 쓸데없는 사담은 하지 않고 "그럼 열심히 해라"라고 작은 목소리로 말하고는 자리를 떴다.

언젠가 하야시다 계장이 점심시간을 이용해 그가 도입한 설비를 보여준 적이 있다. 작은 부품을 자동으로 조립하고 필요한 부분에는 용접까지 하는 로봇이었다. 긴 팔이 특징으로 치밀한 움직임은 인간의 팔이나 진배없었다.

"굉장하네요. 눈 깜짝할 사이에 만들어내는군요."

로봇이 3초 간격으로 작은 부품을 만들어내는 것을 보고 감탄의 소리를 흘렸다.

"그렇지만 아직 완벽하진 않아."

전원을 끈 하야시다 계장의 눈썹이 여덟 팔(八) 자를 그렸다.

"생산율이 좋지 않아. 용접기의 상태가 좋지 않기 때문이지. 앞으로 두 달 후에는 본격적으로 생산 라인에 도입해야 하는데 정말이지 골치가 아프다니까."

기계 옆에는 본 적이 없는 유니폼을 입은 남자가 서 있었다. 용접기 회사 직원이라고 했다. 남자는 허약해 보였고 안색도 그리 좋아 보이지 않았다.

"하야시다 계장님이 까다로우셔서 그렇죠."

남자가 빈정거리듯 말했다. 업자 입장에서는 하루빨리 승인을 받아 대금을 청구하고 싶으리라. 그렇지만 하야시다 계장은 딱 잘라 말했다.

"이 기계를 사용하는 건 현장 사람들이지요. 그들이 나중에 어려움을 겪지 않도록 지금 완벽하게 처리해 두어야 해요."

하야시다 계장이 성실한 사람이라는 것을 새삼 느꼈다.

토요일 밤에도 하야시다 계장을 매점 앞에서 만났다. 계장은 센베이(煎餠, 납작하게 구운 일본식 과자)를 손에 들고 있었다. 쉬는 날 출근해서 아침부터 내내 기계를 만지고 있다고 했다. 감기라도 걸렸는지 자주 코를 풀고 재채기를 하면서 센베이를 오도독오도독 씹어 먹고 있었다.

휴게실에 죽어 있는 건 그 하야시다 계장이었다.

### 3

경찰이 온 것 같다는 이야기를 들은 건 오전 10시 넘어 중간 휴식 시간이었다. 이 시간에는 각 부서의 집회소에서 쉰다. 여느 때 같으면 자동판매기에서 음료수를 사왔을 테지만 오늘은 아침에 일어난 사건 때문에 휴게실 출입이 금지된 상태다.

"경찰이 와 있다는 건 뇌졸중이라든지 그런 자연사는 아니라는 얘기지."

반장이 트럼프 카드를 나눠주며 말했다. 휴식 시간은 트럼프 시간이기도 하다. 다만 나는 지켜보기만 할 뿐이다. 룰은 어렵지 않지만 판돈이 너무 커서 끼지 못한다. 생산직 직원들은 돈이 많았다.

"내가 들은 얘기로는 머리를 맞았다던가, 뭐 그런 모양이야. 출혈도 좀 있었나 봐."

고참 직원이 카드를 뚫어져라 쳐다보며 말했다.

"머리를 맞아? 그럼 강도나 뭐, 그런 놈한테 기습을 당한 건가?"

"그럴지도 모르지."

"그렇지만 문이 잠겨 있었다며?"

"그 대신 창문이 열려 있었대. 창문으로 도망치면 되는 거지."

"그랬군. 하지만 그런 한밤중에 강도가 들어오나? 그보다 싸움 같은 걸 한 게 아닐까? 하긴 그럴 사람이 아닌가? 가와시마 군, 자네 생각은 어때?"

"절대 아닙니다."

바로 대답했다.

가와시마는 내 성이다.

죽은 사람이 내 상사라는 이유로 그 후에도 다들 내게 질문을 퍼부었다. 그렇지만 나도 뭐가 뭔지 영문을 알 수 없었다. 머리를 맞았다는 건 살인 사건이라는 뜻이다. 그런 일이 내 주변에서 일어났다는 사실조차 믿을 수 없었다.

이윽고 휴식 시간이 끝나 우리는 작업장으로 돌아가 일을 시작했다. 그런데 30분쯤 지나자 여성 근로자인 요코가 내 어깨를 두드렸다. 반장이 찾는다고 했다.

"경찰이 와 있는 모양이에요."

요코가 보호안경 너머에서 눈을 반짝이며 말했다. 어제 데이트를 한 여자다. 고졸 신입사원으로 아직 앳된 구석이 남아 있는데 어떻게든 본사의 엘리트 직원을 잡아보겠다는 의욕이 넘쳐 내가 스포츠카를 탄다고 하자 드라이브를 시켜달라고 마구 떼를 쓴 것이다.

하던 일을 요코에게 넘기고 반장 자리로 갔다. 아니나 다를까, 인상이 좋지 않은 두 남자가 거기 있었다. 경찰청에서 나온 형사라고 했다.

형사는 내게 최근 하야시다 씨와 어떤 이야기를 나눴는지, 하야시다 씨의 근황은 어때 보였는지, 그런 것을 물었다. 예의 기계 건으로 계장님이 최근에 무척 바빠 보였다고 진술했다.

"그런데 머리를 맞아 사망했다는 게 사실인가요?"

상대의 질문이 일단락되자 조심스레 물었다.

"맞았는지 어땠는지는 알 수 없지만, 지금 시점에선 그렇게 보이는 상흔이 있어요."

형사 한 명이 머리의 왼쪽 옆, 귀의 윗부분을 가리키며 말했다.

"맞은 게 아니라면 어떻게……."

"넘어지면서 어디에 부딪혔다든지, 이런저런 가능성을 생각해 볼 수 있죠. 아무튼 저희가 이제부터 조사할 거니까 너무 걱정하지 마세요."

형사는 잔뜩 심각한 얼굴로 대답하고 나서 "그런데 이걸 본 적이 있습니까?"라면서 셀로판 봉지에 든 센베이를 꺼냈다. 안에는 아직 센베이가 세 개 남아 있었다. 본 적이 있다. 하야시다 계장이 토요일에 산 것이다. 그렇게 대답했다.

"흠, 그렇습니까?"

두 형사는 석연치 않은 표정을 지었다.

"저기, 그건 어디에 있던가요?"

"쓰레기통에요. 휴게실 쓰레기통에 버려져 있었어요. 그런데 좀 이상하다는 생각이 들어서요. 아직 남아 있는데 버린다는 것이."

분명 이상한 얘기다. 하야시다 계장의 성격으로 미루어 봐도 먹을 걸 함부로 버리지는 않을 터였다.

"그런데 가와시마 씨는 어제 어디에 계셨나요?"

다른 형사가 물었다. 그 질문에 절로 눈이 휘둥그레졌다.

"알리바이를 확인하는 건가요?"

그러자 인상이 험악한 두 형사는 저희끼리 얼굴을 마주 보고 쓴웃음을 지었다.

"모두 그 말씀부터 하시는군요. 텔레비전의 영향이겠죠. 별다른 뜻은 없습니다. 불편하시면 대답하지 않아도 됩니다."

불편한 건 아니어서 솔직히 대답했다. 아침까지 일하고 그 후에 요코와 데이트를 했다고. 형사는 알겠다며 돌아갔다.

점심시간에 식사를 하고 하야시다 계장이 손보던 기계는 어떻게 되었는지 보러 갔다. 그런데 그곳에 나보다 3년 선배인 미야시타가 와 있었다.

"어, 왔어? 어떻게 이런 끔찍한 일이 생길 수 있지?"

선배는 내 얼굴을 보고 가라앉은 목소리로 말했다. 테스트를 하고 있는 듯 얼굴이 초콜릿같이 새까맣다.

"저도 정말 놀랐어요. 그런데 미야시타 선배님은 언제 여기 오신 겁니까?"

"조금 전에 왔어. 오자마자 이 일을 맡으라는 과장님의 지시를 받았지."

"네? 과장님도 여기 와 계세요?"

"전화 연락을 받고 아침 일찍 혼자 여기로 오신 모양이야."

"그랬군요."

뭐든 담당자에게 떠맡기는 과장이 직접 찾아온 걸 보면 무척 당황한 모양이다.

"하야시다 계장님은 어제도 여기 와 계셨던 거죠?"

"그런가 봐. 이제 곧 본격적인 생산 단계로 접어들어야 하는데 용접기에 여전히 문제가 있다며 걱정하셨거든."

"일요일에는 일반 근로자는 출근하지 않죠? 그럼 목격자는 아무도 없는 건가요?"

"아니, 그게 있는 모양이야."

"네? 그래요?"

"관리부 직원 한 명이 휴일 근무를 했다고 하더군. 그 사람이 마지막으로 계장님을 본 건 밤 11시경이었다나 봐. 휴게실로 걸어가는 걸 봤대."

"11시라니, 여전히 늦게까지 계셨네요."

"그래도 타임카드는 10시에 찍으셨다더군."

"그랬군요."

그건 조금도 이상할 게 없는 일이다. 야근 규정 때문에 먼저 타임카드를 찍고 그 후에는 무상 야근을 한 것이리라.

"계장님 혼자 계셨나요?"

"아니, 용접기 회사 직원이 같이 있었다더군. 하지만 그때는 계장님 혼자 계셨던 모양이야."

"흐음."

"말을 걸었는데 계장님이 대답도 하지 않고 가버렸다고 하더군. 늘 상냥한 분인데 이상한 일이지."

"선배님은 자세히 아시네요."

감탄하며 선배의 까만 얼굴을 바라보았다.

"그 관리부 직원과 막 얘기를 나눈 참이거든. 형사가 용의자 취급을 하더라며 화를 내더군."

그야 그랬겠지.

"사건이 일어난 건 11시 이후라는 얘기네요."

"응. 문제는 누구에게 맞았느냐는 거지만."

"아직 맞았다고 단정할 수는 없잖아요."

"그래도 말이야, 도대체 어떻게 넘어져야 목숨을 잃을 정도로 머리 옆 부분을 부딪칠 수 있는 거지? 나는 맞은 거라고 봐. 문제는 그런 시간에 누가 있었느냐는 거지."

"기계도 쉴 때였는데요."

앗!

별 뜻 없이 한 말인데 말해놓고 스스로 충격을 받았다. 미야시타 선배도 같은 생각을 한 모양이다.

우리의 시선이 동시에 하야시다 계장이 손보던 로봇의 철강 팔로 향했다.

**4**

다음 날 저녁 6시부터 하야시다 계장의 빈소를 차린 자택 근처 절에서 조문이 시작되었다. 회사에 양해를 얻어 밤 근무를 하지 않고 달려갔다. 분향 순서를 기다리는데 앞에 서 있는 아주머니들의 대화가 귀에 들어왔다.

"열심히 일하는 사람이었다잖아."

"그러게 말이야. 먹고살기 위해서 일을 안 할 수야 없지만, 그 사람은 유급휴가도 전혀 쓰지 않고 토요일, 일요일도 거의 출근하다시피 했다잖아. 아무리 그래도 그렇지, 그건 좀……."

"그러다 결국 회사에서 죽다니. 부인도 참 안됐어."

그렇군. 그렇게 볼 수도 있겠다 싶어 마음이 복잡해졌다.

나야 회사에 있을 때의 하야시다 계장밖에 모르지만 집에 돌아가면 당연히 기다리는 가족이 있었을 것이다.

분향을 마치고 안내를 받아 옆방으로 가니 테이블 위에 초밥이니 맥주니 하는 것들이 차려져 있었다. 둘러보니 회사 관계자로 보이는 사람이 많았다. 얼마나 사람들이 하야시다 계장을 좋아했는지 말해주는 듯했다. 부서 선배들은 맨 구석자리에 모여 있었다.

"부검 결과가 나온 모양이야."

자리에 앉자마자 미야시타 선배가 내 귀에 대고 말했다.

"역시 머리의 상처는 넘어지면서 생긴 게 아닌가 봐. 제법 단단한 흉기로 일격을 당해 생긴 거라더군."

"단단한 흉기요?"

로봇의 강철 팔이 눈에 선했다.

어쩌면 범인은 로봇이 아닐까? 그러니까 하야시다 계장은 업무 중에 사고를 당한 것이 아닐까 하는 게 나와 미야시타 선배의 추측이었다. 물론 아직 누구에게도 그런 생각을 말하지는 않았다. 업무 중 사고라는 것만으로도 큰 문제인데, 타임카드를 찍은 후 무보수 야근 중에 일어난 사고라면 부서 전체의 책임으로 번질 가능성이 높았다.

다만 로봇 때문에 생긴 사고라고 생각해도 몇몇 모순되는 점이 있었다. 우선 미야시타 선배와 함께 살펴본 결과 로봇의 팔에 피가 묻어 있지 않았다. 두 번째로 하야시다 계장이 현장이 아닌 휴게실에 쓰러져 있었다는 것도 이해가 가지 않았다. 세 번째로 휴게실 문을 잠가놓은 이유를 알 수 없었다.

"선배님, 오늘 용접기 회사 직원과 만나보셨어요?"

"만났어. 그쪽으로도 경찰이 찾아간 모양이야. 하야시다 계장님이 죽었다는 말을 듣고 역시 놀란 것 같더군."

"일요일에도 같이 있었다고 하던가요?"

"응. 낮에 하야시다 계장님에게 불려가 끝도 없이 기계를 테스트한 모양이야. 10시 좀 지나서 하야시다 계장님과 헤어져 집에 들어갔다고 하더군. 그때 계장님도 타임카드를 찍었고. 그러면서 계장님은 처리할 일이 있다며 좀 더 있다가 가겠다고 했대."

하야시다 계장이라면 딱히 이상한 일도 아니다. 무보수 야근의 제왕이어서 노조 직원에게도 반감을 샀다고 하니까.

"용접기 회사 직원에게도 알리바이를 추궁했겠죠?"

"그랬나 봐. 하지만 11시에 자기 사무실로 돌아가서 다른 직원도 만났다고 하니 문제는 없는 셈이지."

일요일 그 늦은 시간에도 사무실에 사람이 남아 있었다니, 어느 회사나 근로 환경은 비슷한 모양이다.

"그래도 그렇지, 정말 어처구니없는 재앙이야. 인간의 목숨이란 덧없기 짝이 없군."

맞은편에 앉은 호랑이라는 별명이 붙은 선배는 초밥을 실컷 먹고 만족했는지 이쑤시개로 열심히 이를 청소하고 있었다. 별명은 호랑이지만 몸집은 판다 같은 사람이다. 직장 동료가 죽었는데도 여느 때와 별다를 게 없는 선배들을 보며 회사라는 건 알 수 없는 곳이라고 생각했다. 마음 맞는 사람끼리 모인 것이 아니라 결국은 강제로 함께하게 된 집단이라는 측면 때문인지도 모른다. 나만 해도 그토록 신세를 진 하야시다 계장이 죽었는데 이왕이면 사건이 좀 더 복잡해지는 편이 재미있을 거라는 당치도 않은 생각을 하고 있으니 말이다.

우리가 막 자리를 털고 일어나려 할 때 과장이 나타났다. 과장은 주위에 다른 사람들이 있는데도 "여, 잘들 먹고 있군"이라고 마치 선술집에서 맞닥뜨린 듯 말을 걸었다. 우리는 일단 들었던 엉덩이를 다시 내려놓을 수밖에 없었다.

"하루가 어떻게 지나갔는지 모르겠군. 오늘은 아예 일을 볼 수 없었다니까."

과장은 앉자마자 불평을 하기 시작했다. 본사에도 형사들이 찾아가 하야시다 계장에 관해 이것저것 묻고 상세하게 조사한 모양이다.

"알리바이까지 묻더라고요."

호랑이가 덩달아 한마디 거들었다.

"우리가 하야시다 계장님을 어떻게 하기라도 했다고 생각하는 걸까요?"

"어제 현장에서 나한테도 묻더라고. 그렇지만 일반 시민에게 알리바이 같은 게 있을 리 없잖아."

과장이 큰 목소리로 말했다.

"밤 10시니 11시니 하는 시간에는 대개 집에서 텔레비전을 보지 않나? 하지만 가족의 증언이라는 건 소용없지 않은가."

"그런 모양이더군요."

"그럼 역시 안 되겠군. 아니, 그래도 텔레비전 프로그램의 내용을 기억하고 있다고 하면…… 아니야, 역시 안 되겠어. 비디오라는 수단이 있으니까 말이야."

"일요일 10시부터 11시라고 하면 〈정권을 손아귀에〉가 방영되는 시간이군요."

텔레비전 프로그램이라면 훤히 꿰고 있는 호랑이가 말하자 과장은 무릎을 탁 쳤다.

"그래, 그거야. 특히 요전에는 마지막 회여서 아주 정신없이 봤다니까."

맙소사. 한숨을 쉬었다. 〈정권을 손아귀에〉는 말단 무사로 시작한 남자가 정권 장악을 목표로 출세가도를 달리는 이야기로 샐러리맨에게 특히 인기 있는 프로그램이다. 나도 한 번 본 적이 있는데, 이런저런 사건도 일어나고 사람 사는 얘기도 나오고 사랑 얘기도 나오는 뻔한 시대물이어서 중간에 지겨워졌다. 그러나 일에 지친 남자들에게는 가볍게 보기에 제격인 프로그램인 듯했다. 그걸 보는 것이 유일한 낙이라고 말하는 사람도 많다는 기사를 신문에서 읽은 적이 있다.

과장은 종이컵에 미지근한 맥주를 콸콸 따라 하얀 거품째 들이켜더니 말을 이었다.

"어쨌든 내일부터는 하야시다 계장 몫까지 열심히 일들 하라고. 죽으면 일을 하고 싶어도 하지 못하니까 말이야."

도저히 조문하러 온 자리에서 할 말은 아닌 대사를 과장이 내뱉었을 때 그곳에서 일을 도와주던 아주머니가 다가왔다.

"저, 경찰에서 찾아오셨는데요."

"네?"

두 잔째 맥주를 마시려던 과장의 손길이 멈췄다.

**5**

나와 미야시타 선배 그리고 과장, 이렇게 세 사람은 경찰차를 타고 공장으로 향했다. 앞좌석에 앉아 있는 두 사람은 지난번에 만난 형사들이다.

두 형사가 차 안에서 별말을 하지 않는 게 왠지 마음에 걸렸다.

공장에 도착해 하야시다 계장이 다루던 그 기계가 놓여 있는 곳으로 갔다. 미야시타 선배의 얼굴을 돌아보았다.

'큰일 났군.'

선배의 얼굴에 그렇게 쓰여 있었다. 아마 내 얼굴에도 그렇게 쓰여 있었을 것이다.

"실은 이 기계를 돌려주셨으면 해서요. 아니, 정확히 말하면 이 로봇의 팔 부분을 작동해 주셨으면 합니다."

현장에 도착하자 나이 든 형사가 말했다. 짧게 깎은 머리에 흰머리가 섞여 있는 것이 왠지 모르게 무시무시한 느낌을 준다.

"하지만 지금은 업무 시간이 아니어서."

과장이 우물거렸다.

"괜찮습니다. 여기 보시죠. 이미 회사의 허가를 받았습니다."

형사는 양복 주머니에서 봉투를 꺼내 과장에게 건넸다. 과장은 봉투 속의 서류를 보았다. 나도 옆에서 들여다보았다. 분명 그것은 수사를 위해 기계 작동을 허락한다는 증명서였다.

"이해하셨나 보네요."

형사는 기분 나쁜 웃음을 짓더니 이내 진지한 표정으로 돌아와 말을 이었다.

"그런데 지금 과장님은 업무 중이 아니기 때문이라고 얘기하셨죠. 그래서 기계를 작동하지 못한다고요."

"규칙이어서요."

"알고 있습니다. 단지 제 질문에 솔직히 답변해 주셨으면 합니다만, 하야시다 씨는 그런 규칙을 깰 만한 사람이었습니까? 그러니까 그분이 타임카드를 찍은 후에 기계를 작동하는 일은 있을 수 있습니까?"

"있을 수 없습니다."

"있을 수 있습니다."

"있을 수 있습니다."

"응?"

형사는 어리둥절한 표정을 지었다. 세 사람 중 과장만 다르게 대답했기 때문이다.

"어느 쪽이죠?"

"있을 수 있습니다."

과장도 어쩔 수 없다는 듯 말했다.

"하지만 저는 늘 그래서는 안 된다고 했습니다. 그런데 뭐랄까, 그 사람은 일에 너무 열중한 나머지……"

"됐습니다."

형사는 쓴웃음을 지으며 한쪽 손을 들었다.

"저는 회사 사람이 아니에요. 그래서 말인데요, 만약 업무 시간 외에 기계를 작동하다 무슨 사고가 발생했다고 칩시다. 그럴 경우 하야시다 씨라면 어떻게 할 것 같습니까?"

아아, 역시 그랬구나. 형사는 로봇 때문에 생긴 사고라는 걸 꿰뚫어본 것이다.

"그야 당연히 신고하는 것이 의무니까."

과장은 횡설수설했다. 회사 방침을 내세우면서 형사의 사정청취에 대응하려 하니 애당초 무리다.

"과장님."

형사가 한심하다는 표정을 지으며 말했다.

"저는 회사 사람이 아니라고 하지 않았습니까."

그래도 과장은 한동안 끙끙거리더니 이윽고 어깨의 힘을 빼고 체념한 듯 "사고를 은폐하려고 하겠죠"라고 털어놓았다.

됐다는 듯 형사는 고개를 끄덕였다.

"그러면 기계를, 아니 로봇을 작동해 주시겠습니까?"

미야시타 선배가 "네"라고 대답하고 로봇을 조작했다. 로봇의 팔이 구부러지면서 제멋대로 움직인다.

"대단하군요."

형사가 눈을 크게 떴다.

"저보다 나아 보이네요."

"ASY 시스템이라는 걸 쓰고 있습니다. 저희 부서에서 독자적으로 개발한 기술로 잡음도 별로 없고 특허도 이미 신청해놓은 상태여서……."

거기까지 유창하게 지껄이다 과장은 문득 제정신으로 돌아온 표정으로 헛기침을 했다. 설비에 대한 칭찬을 들으면 선전

문구가 조건반사적으로 입에서 튀어나오는 체질인 듯싶다.

"네, 잘 알겠습니다."

형사는 그렇게 대꾸하더니 로봇을 멈추게 했다.

"그런데 말이죠."

숱이 적은 머리를 긁적이며 과장이 입을 열었다.

"아무래도 형사님께서는 사고를 암시하고 계신 듯싶은데, 아시는 바와 같이 하야시다 계장은 휴게실에 쓰러져 있었으니까."

"알고 있습니다. 그래서 방금 여쭤본 거지요. 사고가 났을 경우 하야시다 씨라면 어떻게 할 것 같으냐고요. 은폐할 거라고 답변해 주셨지요. 실제로 하야시다 씨는 그렇게 했습니다. 사고가 났다는 걸 깨달은 순간 그 장소에서 벗어날 생각을 한 거죠. 그래서 휴게실로 가서 드러누운 겁니다. 혹시 누군가 들어오면 난처해질 거라는 생각에 문을 잠근 거고요."

그랬구나. 나도 모르게 두 손을 마주쳤다.

"관리과 직원이 하야시다 씨를 본 건 그때였군요. 그래서 부르는 소리를 듣고도 대답을 할 수 없었던 거고요."

"그랬겠죠."

형사가 나를 보고 고개를 끄덕였다.

"하지만 그렇다면 왜 죽은 겁니까? 걸을 수 있었는데."

과장의 물음에 이제껏 잠자코 있던 젊은 형사가 대답했다.

"사인은 뇌내출혈인데, 그럴 경우 곧잘 이런 일이 일어납니다. 뇌진탕을 일으켜 정신을 잃었다가 일단 정신이 들고 나서 잠시 후 사망하는 경우지요."

"그러니까 여러분도 머리를 다쳤을 때는 조심해 주세요."

머리가 짧은 형사가 웃음 띤 얼굴로 말했다.

"실은 말이죠, 여러분이 조문하러 가신 사이에 이 기계를 좀 살펴보았습니다. 그 결과 로봇의 팔 끝에 피가 묻어 있다는 걸 알게 되었지요. 깨끗이 닦여 있긴 했지만 과학적으로 조사하면 금세 알 수 있거든요."

루미놀 반응을 말하는 것이리라.

"문제는 그걸 누가 닦았느냐 하는 겁니다."

"그야 물론 하야시다 계장이겠죠."

"아뇨, 아닙니다. 그렇다면 이상합니다."

형사는 또다시 주머니에서 무언가를 꺼냈다. 비닐봉지에 기계류를 닦는 걸레가 들어 있었다.

"실은 여기에 피가 묻어 있었습니다. 이걸로 로봇을 닦은 거라고 추정할 수 있지요. 이게 폐기물통 속에 들어 있었습니다."

"그, 그러니까 하야시다 계장이 버렸겠지요."

"아뇨."

형사는 고개를 가로저었다.

"그 폐기물통은 월요일 아침에 교체되었습니다. 그러니까 그 안에 들어 있었다는 건 월요일 아침 이후에 로봇의 피를 닦았다는 얘기가 되죠."

과장은 침묵했다. 우리도 입을 다물었다.

"자, 이제 이해하시겠죠? 그래서 세 분을 이곳으로 모신 겁니다. 관계자 중에 어제 로봇을 닦을 수 있었던 사람은 여러분뿐이니까요."

말을 마치더니 형사의 눈매가 험악해졌다.

"자, 이제 솔직히 말씀해 주시죠."

"죄송합니다."

내 옆에 있던 과장의 키가 갑자기 작아졌다고 생각한 건 착각이었다. 과장은 바닥에 무릎을 꿇고 있었다.

"제가 닦았습니다. 하야시다 계장이 머리를 다쳤다는 소식을 듣고 바로 로봇이 아닐까 하는 생각이 들어 달려왔습니다. 그랬는데 역시나 피가 묻어 있어서. 이 일이 알려지면 문책을 당할 거라는 생각에…… 죄송합니다. 이렇게 사과드리겠습니다."

과장은 울고 있었다.

늘 잘난 체하는 과장의 그런 모습을 보니 꼴좋다는 생각이 들기보다는 왠지 슬퍼졌다. 사람은 역시 너무 잘난 체하면 안 되겠구나 하는 생각이 들어서.

"됐습니다. 고개 드세요."

형사가 과장의 어깨에 손을 얹었다.

"안심하세요. 책임을 추궁하는 일은 아마 없을 겁니다."

"네?"

과장은 눈물과 먼지로 새까매진 얼굴로 형사를 쳐다보았다.

"실은 말이죠, 한 가지 풀리지 않은 점이 있습니다. 앞뒤가 맞지 않는 점요. 그건 로봇의 팔 끝부분 모양이에요. 피가 묻어 있는 부분의 각도를 어떻게 바꿔봐도 하야시다 씨의 상처와 일치하지 않는 거예요. 방금 전에도 혹시나 하는 마음에 조작을 부탁드린 겁니다만, 팔 끝의 형상이 바뀌는 것도 아닌 것 같고요."

"네? 그러면 하야시다 계장의 상처는……."

"로봇 탓은 아니라는 얘기가 되는 거죠."

형사는 싱긋이 웃었다.

## 6

"흐음, 그러니까 범인은 용접기 회사 직원이었다는 얘기군."

반장이 트럼프 카드를 섞으면서 말했다.

"그렇답니다."

"끔찍한 얘기야."

그 용접기 회사 직원, 야마오카가 경찰에 체포되어 모든 것을 자백했다고 한다.

'그만 발끈해서'라는 것이 살해 동기였다. 그만 발끈해서 하야시다 계장을 죽이고 만 것이다. 물론 발끈한 데는 그 나름의 이유가 있었다. 그것도 한 가지가 아니었다. 이런저런 이유가 복합적으로 얽혀 충동적인 살의로 분출된 것이다.

"정말이지 넌더리가 났습니다. 하야시다 계장의 성격은 비정상이라 할 만큼 까다로워서 납품한 기계에 조금이라도 문제가 있으면 요구한 사양과 다르다, 여기를 이렇게 해라, 거기를 이렇게 해라 하며 끝도 없이 주문을 하는 겁니다. 물론 업무에 철저하기 때문이겠지만, 거기에 맞춰야 하는 제 입장도 좀 생각해 보세요. 기계 같은 건 늘 조금씩 문제가 있게 마련이어서 완벽할 수는 없습니다. 어느 정도는 타협을 하면서 사용하는 거죠. 모두들 그럽니다. 더군다나 저는 다른 업무도 있어서 올해 들어 닷새밖에 쉬지 못했습니다. 토요일, 일요일을 포함해서 말입니다. 물론 무보수 야근이 대부분이죠. 지난 일요일은 모처럼 쉴 수 있겠다 싶었는데, 또 하야시다 계장에게 호출이 온 겁니다. 네. 갔습니다. 고객이니까요. 그랬는데 아니나 다를까, 역시 이렇게 해라, 저렇게 해라, 끝도 없는 지시의 연속이었어요. 같은 부분을 몇 번이고, 정말 몇 번이고 조립하고 분해하기를 되풀이해야 했습니다. 그래도 참았죠. 그러다 보니 10시가 다 되었습니다. 하야시다 계장이 오늘은 이만 하자고 하더군요. 기뻤습니다. 왜냐하면 10시부터 보고 싶은 텔레비전 프로그램이 시작하거든요. 〈정권을 손아귀에〉라는 시대물이죠. 저는 그 프로그램을 보는 게 한 주의 가장 큰 즐거움입니다. 더군다나 그날은 마지막 회였어요. 아내에게 전화해서 녹화를 해놓으라고 할까 생각하기도 했지만 휴게실에 텔레비전이 있다는 생각이 나서 거기서 보기로 했습니다. 하야시다 계장도 타임카드를 찍고 제 옆으로 오더군요. 그 자체는 딱히 별일도 아니었어요. 아무튼 저는 텔레비전을 보느라 정신이 없었으니까요. 그런데 드라마가 시작되고 5분쯤 지나자 하야시다 계장이 자꾸 말을 걸어오는 거예요. 물론 업무 얘기였죠. 그 기계의 이 부분은 어떻게 되어 있느냐, 이런 데이터는 있느냐 등등. 이해하시죠, 형사님? 전 텔레비전을 보고 싶었단 말입니다. 일은 끝났으니까 말을 걸지 않았으면 했습니다. 그런데 하야시다 계장은 그걸 모르는 거예요. 게다가 거슬리는 일이 또 하나 있었어요. 감기에 걸렸는지 시도 때도 없이 코를 훌쩍거리는 거예요. 시끄러워서 드라마에 집중을 할 수 없었습니다. 짜증이 나기 시작했어요. 위가 쓰라릴 정도로요. 더 이상 드라마의 내용 같은 건 머리에 들어오지도 않았습니다. 그러던 중 그 사람이 설상가상으로 제 신경을 건드린 겁니다. 네, 센베이였어요. 센베이를 오도독오도독

씹어 먹기 시작한 거죠. 저는 옆에 놓아둔 공구함에서 스패너를 꺼내 들고 있는 힘껏 후려갈겼어요. 물론 범죄라는 건 압니다. 하지만 그때는 정말 그러고 싶었어요. 네, 속이 다 후련했습니다. 그 순간에는 말입니다. 곧바로 두려움이 밀려왔지만요."

형사의 이야기에 따르면 야마오카는 그렇게 진술했다고 한다. 그 후 야마오카는 시체를 그대로 두면 안 되겠다는 생각에 그 기계 앞으로 운반했다. 그리고 머리에서 흐르는 피를 로봇의 팔 끝에 묻히고 나서 기계의 전원을 켜놓고 그 자리를 떴다. 기계 오작동으로 인한 사고사로 위장하기 위해서였다.

그러나 이야기는 거기서 끝나지 않았다. 하야시다 계장이 의식을 되찾은 것이다. 하야시다 계장은 주위를 둘러보고 사태를 파악했다. 하지만 잘못된 방향으로 파악했을 가능성이 높다. 아마 의식이 몽롱한 상태였기 때문이리라. 로봇의 팔에 맞은 거라고 착각하고 만 것이다.

근무 시간 외에, 그것도 기계 오작동으로 인한 사고를 일으키는 것은 기술자로서 있어서는 안 되는 일이었다. 그래서 몽롱한 상태에서 로봇의 전원을 끄고 휴게실로 간 것이다. 문을 잠근 것은 나중에 아무도 들어오지 못하게 하기 위해서였으리라. 거기서 하야시다 계장은 다시 정신을 잃었고 이번에는 깨어나지 못했다는 얘기다.

덧붙여 말하면 센베이 봉지를 버린 사람은 야마오카였다.

"그러니까 요컨대 지나치게 일하지 말라는 얘긴가?"

트럼프를 하면서 반장이 말했다.

"화이트칼라니 엔지니어니 하는 사람들은 이제 됐다는 법이 없지. 의욕만 있으면 일은 얼마든지 있고. 그런 점에서 우리는 컨베이어에 물건이 실려 오지 않으면 일을 하고 싶어도 할 수가 없지. 무보수 야근 같은 거랑은 인연도 없고 말이야."

고참 직원의 말에 이어 주위에 있던 동료들도 저마다 소감을 늘어놓기 시작했다.

"죽인 사람도 물론 나쁘지만 살해된 쪽에도 문제는 있어. 일을 열심히 하는 거야 좋지만 거기에 정신이 팔려 남의 마음을 헤아리지 못하면 끝장이라고."

"그래, 맞아."

"너무 머리를 써서 그래. 엘리트란 사람들은 머리를 쓰지 않으면 죽기라도 하나?"

"너처럼 너무 안 써도 문제긴 하지."

"닥쳐."

"아무튼 그렇게 되고 싶진 않네. 난 현장에 있길 잘했어."

마지막 의견에 모두들 고개를 끄덕였다.

"이봐, 그렇게 말하지 말라고. 여기 있는 가와시마 군도 내

일부터는 본사로 출근해야 하니까."

반장의 말에 모두 나를 보았다.

"그렇구나. 이제 실습은 끝이군. 빠르네."

"잘해라."

"여러모로 감사했습니다."

일어나서 머리를 숙였다.

이윽고 밤 근무 시작을 알리는 벨이 울렸다. 모두가 담당 구역을 향해 발걸음을 옮겼다. 하지만 나는 기숙사 뒷정리도 해야 하기에 오늘은 이만 돌아가도 된다.

모두가 나가고 나자 요코가 곁으로 다가왔다.

"다음에 또 드라이브 시켜줘요."

"그래."

"그리고 이거요."

그녀가 내민 것은 건강을 기원하는 부적이었다.

"과로사 같은 건 하지 말아요."

그 말에 흠칫 놀라 몸을 뒤로 젖혔다.

"조심할게."

"그럼 잘 가세요."

그녀는 보호안경을 쓰고 생산 라인으로 향했다. 하지만 도중에 멈춰 서더니 나를 향해 손을 흔들었다. "열심히 해요"라고 말하는 걸 입모양으로 알 수 있었다.

마치 내가 전쟁터에 나가는 것 같군.

그런 생각을 하며 부적을 흔들었다.

# 달콤해야 하는데

## 1

비행기는 호놀룰루를 향해 제시간에 날아가고 있었다.

"신혼여행인가요?"

통로 건너 옆 좌석에서 말을 걸어온 이는 옅은 빛깔의 양복을 깔끔하게 차려입은 품위 있어 보이는 노인이었다.

그렇다고 대답하자 노인은 하얀 눈썹 아래 살포시 미소를 머금은 눈으로 나를 보았다.

"보기 좋아요. 역시 여행은 젊을 때 하는 게 좋죠."

억지웃음을 짓고 나서 물었다.

"두 분이서 하와이에 가시는 건가요?"

노인 옆에는 아담한 체구의 노부인이 앉아 있었고 다른 일행이 있는 것 같지는 않았다. 시선을 느꼈는지 부인이 내 쪽을 보고 방긋 웃었다.

"네. 하와이는 우리 같은 노인에게도 좋은 곳이니까요."

그러고서 노인은 목소리를 조금 낮추어 말했다.

"실은 금혼식을 겸해서 마나님의 기분을 맞춰주려는 거죠."

"그러시군요."

고개를 끄덕이고 대화를 이만 끝내기 위해 나오미 쪽을 보았다. 그녀는 책을 읽다가 우리 대화를 들은 듯 눈이 마주치자 입가에 미소를 띠었다.

호놀룰루 공항에 도착해 짐을 찾은 다음 나오미와 함께 버스를 타고 렌터카 회사로 갔다. 예약을 해 두었기에 수속하는 데는 그리 오랜 시간이 걸리지 않았다. 15분 후에 미국산 소형차를 타고 출발했다. 이제부터는 완전히 둘만의 여행이다.

"곧바로 쿠일리마로 향할 생각인데 어디 봐둔 곳 있어?"

오아후 섬 최북단의 지명을 말했다. 그곳에 있는 리조트 호텔에 방을 잡아두었다.

"아뇨. 곧바로 호텔로 가요. 좀 피곤해요."

나오미가 말했다.

"그래. 비행기를 몇 시간이나 타고 왔으니 아닌 게 아니라 피곤할 법도 하지."

고개를 한 번 끄덕이고 액셀러레이터를 밟은 오른발에 가볍게 힘을 실었다.

나오미나 나나 하와이가 처음은 아니었다. 나는 네 번째고, 나오미는 두 번째다. 그럼에도 망설이지 않고 신혼여행지로 이곳을 선택한 것은 너무 화려하게 하지 말자는 쪽으로 의견 일치를 보았기 때문이다.

화려하게 할 수 없는 몇 가지 이유가 있었다. 그중 하나는 내가 재혼이라는 것이다. 나는 현재 서른네 살이지만 스물여섯 살에 이미 한 번 결혼한 적이 있다. 아내는 3년 전에 교통사고로 죽었다.

그리고 또 다른 이유는 나와 죽은 아내 사이에 둔 딸도 얼마 전에 죽었다는 것이다. 그래서 아직은 진심으로 행복에 젖어들 수 있는 기분이 아니었다.

실은 이번 결혼에서는 피로연 같은 것도 하지 않았다. 구청에서 혼인신고를 했을 뿐 결혼식조차 올리지 않았다. 하지만 나오미도 거기에 대해 불만을 느끼는 것 같지는 않았다. 최근 젊은 여성들 사이에 집안끼리 하는 결혼이라는 느낌이 드는 결혼식이나 피로연을 생략하는 이들도 꽤 있다고 하니 그다지 가혹한 이야기는 아닐지도 모른다.

하지만 나오미에게 고백하지 않은 것이 있다. 그녀와의 결혼을 화려하게 하고 싶지 않은 이유가 또 하나 있었다. 아니, 나에게는 그것이야말로 가장 큰 이유였다.

**2**

호텔에 도착하자 점심때가 조금 지나 있었다. 체크인하기에는 시간이 조금 일러서 일단 짐을 맡기고 레스토랑에서 가볍게 점심을 먹기로 했다.

"역시 여기 오니 일본인이 적네요."

주문을 마치고 주위를 둘러보며 나오미가 작은 목소리로 말했다. 아닌 게 아니라, 우리 외에 일본인의 모습은 보이지 않았다.

"황금연휴가 끝나 일본인 관광객이 적은 것도 있겠지만, 아무래도 일본인은 와이키키 쪽으로 가겠지."

"이 부근에는 젊은 사람들이 놀 만한 곳이 없긴 하죠."

"호텔에 있으면 골프와 테니스뿐 아니라 승마도 할 수 있지만 한 걸음만 나가면 아무것도 없으니까."

"디스코텍도 없잖아요. 젊은 일본 사람들에게는 재미없을지도 모르죠."

"젊은 사람, 젊은 사람이라는 말은 그만하는 게 어때? 너도 아직 20대야. 충분히 젊은 사람 중 한 명이라고."

"어머, 그럼 노부히코 씨도 그렇잖아요."

"어이구, 됐습니다."

그러면서 얼굴을 찡그리자 나오미는 행복한 듯 킥킥거렸다. 그녀의 웃는 얼굴이 사랑스럽다는 생각을 했다. 행복감이 고스란히 전해진다. 그녀와 똑같은 마음으로 지금 이 순간을 만끽할 수 있다면 얼마나 좋을까. 하지만 그건 이미 불가능한 일이다.

점심식사를 마치고 체크인을 하자 나오미는 곧바로 바다에 들어가고 싶다고 했다.

"그냥 있긴 아깝잖아요. 괜찮죠?"

미국인들이 느긋하게 바닷가에서 일광욕을 즐기는 모습을 보더니 가만히 방 안에 있을 수 없어진 모양이다.

"그야 물론 괜찮고말고."

바닷가로 나가자 나오미는 꽃무늬 수영복 차림으로 바다에 들어갔다. 모래사장에 앉아 그런 그녀를 바라보았다. 예전에 수영을 했다는 나오미는 근사한 폼으로 헤엄쳤다. 그러다가 한 번씩 내 쪽을 돌아보고 즐거운 듯 손을 흔들었다. 나도 손을 흔들어주고 한 번씩 카메라 셔터를 눌렀다.

하지만 나는 알고 있었다. 이 필름이 현상되는 날은 아마 영원히 오지 않을 것이다.

바닷가에서 호텔로 돌아가 엘리베이터 앞에 서 있는데 어딘지 낯익은 목소리가 들려왔다.

"아이고, 이거 희한한 인연이군요."

돌아보니 비행기를 함께 탄 노부부가 서 있었다. 호텔보이가 옆에 서 있는 걸 보니 지금 도착한 모양이다.

"두 분도 이곳에 묵으시나요?"

슬며시 놀라 물었다.

"그래요. 시내 구경이니 뭐니 하다 보니 이런 시간이 되고 말았네요. 두 분은 벌써 바닷가에 다녀왔나 봐요."

우리 차림새를 보고 노인이 말했다.

"네."

고개를 끄덕였다. 그들의 방은 우리와 같은 층이었다. 노인은 그 사실을 알고 무척 기뻐했다.

"이웃이네요. 언제 한번 어느 쪽 방이든 모여서 한잔하시죠."

노인이 잔을 드는 시늉을 하자 부인은 그런 남편을 나무랐다.

"여보, 이분들은 신혼이란 말이에요. 방해를 하면 안 되죠."

"아뇨, 괜찮습니다. 꼭 한번 하시죠."

의례적으로 그렇게 말했다. 그리고 나오미가 내 말을 이었다.

"그렇게 하세요. 여럿이 모이는 것도 즐거우니까요."

나오미의 말에 어느 정도 진심이 담겨 있는 것 같아 나는 안절부절못했다.

저녁식사 때도 그 노부부와 맞닥뜨렸다. 바로 옆 테이블이었다. 두 사람은 아까와는 다른 옷을 입고 있었다.

"멋진 부부네요. 결혼하고 50년이 지나도 저렇게 지낼 수 있다니 근사해요."

나오미가 나직이 속삭였다. 노부부는 조용히 식사를 하고 있었다. 때때로 노인이 농담이라도 하는지 부인은 우아한 미소를 떠올려 화답하곤 했다.

우리 테이블에 와인이 날라져왔다.

“자, 무엇을 위해 건배할까?”

촛불을 사이에 두고 마주 앉은 나오미에게 물어보았다.

“물론 우리 둘을 위해서죠.”

나오미는 미소 지으며 잔을 들었다. 나도 입가에 미소를 띠며 잔을 부딪치고는 와인을 벌컥 들이켰다. 차가운 액체가 위에 들어가자 머릿속의 무언가가 각성하는 듯했다. 행복감에 휩쓸리고 말 듯한 ‘무언가’가.

‘망설여서는 안 된다. 분위기에 휩쓸려 나오미와 달콤한 세계에 빠져들어서는 안 된다.’

나오미의 웃는 얼굴을 잔 너머로 바라보면서 그렇게 스스로를 타일렀다.

방으로 돌아와서 샤워하고 조금 이른 시간이지만 우리 둘은 침대에 들었다. 나오미는 장래에 대한 생각을 이야기하기 시작했다. 아이는 가급적 빨리 가질 생각이라는 둥, 가능하면 뭔가를 배우고 싶다는 둥.

그저 모호한 대답을 되풀이했다.

이윽고 나오미가 내 팔 안에서 규칙적인 숨소리를 내기 시작했다. 비행기 안에서 충분히 자지 못한 데다 쉴 틈도 없이 바다에 들어갔으니 피곤하기도 할 것이다. 그녀를 깨우지 않도록 조심하며 침대에서 빠져나왔다.

애당초 오늘 밤에는 그녀를 안을 생각이 없었다. 이미 우리는 육체관계를 가졌다. 신혼여행의 첫날밤이라고 해도 그리 특별한 의미가 있을 리 없었다. 그리고 무엇보다도 내게는 그녀를 안을 수 없는 이유가 있었다.

욕실로 가서 차가운 물로 세수를 하고 심호흡을 되풀이하고 나서 침대로 돌아왔다. 나오미는 여전히 고른 숨소리를 내고 있었다. 곁에 앉아 양손을 조용히 그녀의 목 언저리로 뻗었다.

하얗고 부드러운 살갗이 손끝에 닿았다. 그 상태로 가만히 있는데 나오미가 어렴풋이 눈을 떴다. 그녀는 곧바로 상황을 파악하지는 못한 듯했으나 이윽고 불안한 표정으로 내 눈을 보았다.

"왜 그래요?"

그녀의 목소리가 희미하게 떨리고 있었다. 내가 손끝에 조금 힘을 주자 그녀의 얼굴에 공포의 빛이 번졌다.

"대답해."

스스로도 소름이 끼칠 만큼 나지막한 목소리로 내뱉었다.

"네가 히로코를 죽인 거냐?"

**3**

히로코는 죽은 딸아이의 이름이다. 히로코가 갓난아기였

을 때 아내가 세상을 떠났으니 실질적으로는 나 혼자 키운 것이나 다름없다. 네 살이었다. 엄마를 닮아 인형처럼 눈이 큰 아이였다.

크리스마스이브 아침이었다. 우리는 여느 때처럼 아침을 먹고 있었다. 난로를 켜놓아도 몸이 떨릴 정도로 추운 아침이었다.

"히로코, 어서 먹어라."

내가 주의를 준 것은 히로코가 의자에 앉은 채 아침식사에는 손도 대려고 하지 않았기 때문이다. 아침에는 늘 그랬다.

"안 먹을래. 졸려."

히로코는 얼굴을 문지르며 말하더니 졸린 눈으로 의자 등받이에 몸을 기댔다.

"히로코, 자면 안 돼. 고모 집에 가야지."

일어나서 석유난로를 껐다. 회사에 가는 길에 누나 집에 들러 히로코를 맡겨야 한다. 그때 난로 탱크의 눈금에 눈길을 주다가 석유가 다 떨어져간다는 생각을 했다. 더 자고 싶어 하는 히로코의 손을 끌고 거실에서 나가 복도에서 기다리게 하고 계단을 내려갔다. 주차장은 지하에 있다.

차에 탄 순간 회사에 가져가야 하는데 깜빡 잊은 물건이 생각났다. 그날 업무에 카세트테이프가 필요했던 것이다. 전날 살 생각이었는데 까마득히 잊고 있었다. 차에서 내려 그대로 밖으로 나갔다. 몇 분만 걸어가면 24시간 편의점이 있다. 그곳이라면 카세트테이프도 있을 것이다. 잰걸음으로 걷기 시작했다.

그 행동을 나는 두고두고 후회하게 된다.

회사에 가는 길에도 카세트테이프를 파는 가게는 얼마든지 있다. 그런데 왜 굳이 걸어서 사러 가려 했을까? 나 자신도 알 길이 없다. 그때는 어쩌다 보니 그렇게 되었다고밖에 달리 설명할 길이 없다.

그 편의점에서 사건에 휘말렸다. 계산을 하려고 카운터 앞에 서 있는데 갑자기 뒤에서 누군가가 내 머리를 후려갈겼다. 무슨 일이 일어났는지 한동안은 알지 못했다. 격렬한 통증에 휩싸여 나도 모르게 그 자리에 웅크리고 앉았다. 머리를 만진 손을 보니 상당한 양의 피가 묻어 있었다. 그 순간 "돈 내놔. 빨리!"라는 소리가 귓가에 들려왔다. 젊은 남성의 목소리였다. 그래서 강도가 침입한 것을 알았다.

일어나려 했지만 평형감각이 잘못되었는지 하반신에서 힘이 빠져 그대로 주저앉고 말았다. 정신을 잃은 건 아니다. 사람들이 정신없이 움직이고 있다는 건 알 수 있었다. 하지만 도저히 몸에 힘이 들어가지 않았다.

그대로 얼마나 있었던 것일까. 정신을 차렸을 때는 들것에 실려 있었다. 그리고 구급차로 근처 병원으로 옮겨졌다.

상처는 대수롭지 않아 병원에 도착하고서는 자력으로 걸을 수 있었다. 그런데도 의사는 치료를 끝내더니 엑스레이를 찍어보자고 했다. 집에 혼자 두고 온 히로코가 마음에 걸려 엑스레이 결과를 기다리는 동안 전화할 생각이었는데 그때 다시 뜻밖의 방해꾼이 나타났다. 경찰이 찾아와 이야기를 들려달라고 한 것이다. 새삼스레 진술할 만한 일도 아니었지만 그들에게는 그들 나름의 절차가 필요했던 모양이다.

정황을 간단히 진술한 후 범인들은 어떻게 되었는지 물었다. 경찰은 2인조 범인이 돈을 훔쳐 도주하다 붙잡혔다고 했다. 둘 다 고등학교를 갓 졸업한 젊은이였다고.

경찰과 헤어진 뒤 누나 집에 전화를 걸었다. 우리가 좀처럼 오지 않아 걱정하고 있을 거라는 생각이 들었기 때문이다. 자초지종을 설명하자 전화기를 통해 놀란 음성이 들려왔다.

"걱정하지 않아도 돼. 많이 다친 것도 아니고."

되도록 명랑한 말투로 말했다.

"그렇다면 다행이지만 정말 어처구니없는 일을 당했구나."

많이 다친 건 아니라는 말에 안도한 탓인지 누나는 쓴웃음마저 짓는 듯했다.

"그보다 누나, 부탁이 있는데 우리 집에 가서 히로코가 어쩌고 있는지 좀 봐주지 않을래? 혼자 두고 와서 영 불안하네."

"알았어. 그럼 히로코한테는 아빠가 급한 볼일이 생겼다고 해두면 되지?"

"응. 부탁할게."

전화를 끊고서 일단 안심했다.

잠시 후 엑스레이 결과가 나왔다. 예상한 대로 별다른 문제는 없는 듯했지만 의사는 만약 조금이라도 이상한 기미가 보이면 바로 병원에 오라고 했다.

병원을 나서기 전에 다시 한번 집에 전화를 해 보았다. 놀랍게도 전화를 받은 건 누나가 아니라 나오미였다.

"노부히코 씨, 큰일 났어요. 히로코가……"

숨도 제대로 못 쉬고 당장이라도 울음을 터뜨릴 것 같은 목소리로 그녀가 말했다.

"히로코에게 무슨 일이 생겼어?"

언성을 높였다.

"히로코가 쓰러졌는데, 위험한 상태예요."

"쓰러져? 왜?"

"아무래도 일산화탄소 중독인 것 같아요. 난롯불이 불완전연소된 모양이에요."

"난로?"

그럴 리 없다고 생각했다. 나오기 전에 분명히 난롯불을 껐다.

"그래서 히로코는 지금 어쩌고 있는데?"

"지금 의사 선생님이 보고 계세요. 누님도 함께 계시고요.

부탁이니 당장 와주세요."

"알았어. 지금 갈게."

전화를 끊고 달리기 시작했다. 머리에 붕대를 감은 남자가 이상한 몰골로 정신없이 달음박질을 하니 사람들은 필시 기이하게 여겼을 것이다.

집에 들어가니 다들 거실에 모여 있었다. 누나와 나오미는 울고 있었고 의사는 어두운 표정으로 꿈쩍도 않고 앉아 있었다. 그리고 그 가운데에 히로코가 누워 있었다. 사태를 알아차리고 그 자리에 털썩 주저앉아 사랑하는 딸을 끌어안았다. 자신의 목소리라고는 여겨지지 않는, 마치 짐승이 포효하는 듯한 울부짖음이 목구멍에서 터져 나왔다.

그날 밤 나오미와 함께 거실에 있었다.

"내가 왔을 때 히로코는 여기 바닥에 쓰러져 있었어요. 집안 공기가 숨이 콱 막히는 게, 혹시 일산화탄소 중독이 아닐까 하는 생각이 바로 들었어요. 그래서 숨을 참고 창문과 문을 죄다 활짝 열었어요. 난롯불도 바로 껐고요."

나오미는 감정을 드러내지 않으려고 애쓰며 담담한 목소리로 말했다. 나도 잠자코 듣고 있었다. 찬찬히 그녀의 이야기를 들을 시간도, 마음의 여유도 그때까지는 없었던 것이다.

그날 아침 나오미가 집에 온 것은 새로 장만하려는 가구가 침실에 들어갈지 알아보기 위해서였다고 했다. 그러고 보니 그전에 그런 이야기를 한 적이 있는데 까마득히 잊고 있었다. 그녀에게는 이미 마스터키를 준 상태였고 언제든 마음대로 드나들어도 좋다고 말해두었다.

"그러니까 네가 왔을 때 난로가 켜져 있었단 말이지? 틀림없이 나가기 전에 껐는데."

문제의 난로를 바라보며 말했다.

"히로코가 켠 게 아닐까요? 노부히코 씨가 돌아오길 기다리다가 추워서."

"그랬겠지."

히로코의 행동을 상상해보았다. 아무리 기다려도 아빠가 오지 않아서 거실로 돌아가 난로를 켰다. 늘 불 옆에는 가지 못하게 했지만 네 살쯤 되면 부모의 행동을 기억할 테니 난로쯤이야 켤 수 있을 것이다. 그렇지만 환기까지는 생각이 미치지 못한다. 나가기 전이어서 창문도 죄다 닫아두었다. 난로가 불완전연소를 일으키는 건 시간문제다.

거기까지 생각을 펼치자 머릿속에 작은 의문이 하나 떠올랐다. 아침에 난로의 석유 탱크를 보았을 때는 분명 눈금이 거의 바닥을 가리켰는데 지금은 반 가까이 차 있다. 누군가가 넣은 것일까? 하지만 나오미나 누나나 그런 이야기는 하지 않았다.

석연치 않았지만 내가 잘못 본 것이 아닐까 싶었다.
"집 안을 환기시키고 바로 병원에 전화했어요. 그리고 잠시 후에 누님이 오셔서……."
"그랬구나. 너한테 폐를 끼쳤네."
"폐라뇨, 무슨 그런 말을."
나오미는 고개를 숙이고 침묵했다.
"편의점 같은 데 가는 게 아니었어."
테이블을 내리치고서 자조적으로 말했다.
"카세트테이프 같은 건 어디서든 살 수 있는데."
"노부히코 씨 잘못이 아니에요."
나오미는 호소하는 듯한 눈길로 말을 이었다.
"금세 돌아올 생각이었잖아요. 나쁜 건 그 2인조 강도예요."
그 말에는 대꾸하지 않고 맥없이 한숨만 내쉬었다. 이런 식으로 책임 소재를 따져본들 히로코가 되살아나는 것도 아니었다.

이웃집 주부에게 기묘한 이야기를 들은 건 사건이 일어나고 열흘이 지난 후였다. 그녀는 우리 뒷집에 살고 있어서 그날 아침에 나오미가 석유 탱크를 뒷문으로 들고 들어가는 것을 보았다고 했다.
"석유 탱크요? 그게 몇 시쯤이었죠?"

두근거리는 가슴으로 물었다. 주방 뒷문 옆 작은 창고에 석유 탱크가 있는 건 사실이다.

"몇 시쯤이었더라? 오전이었던 건 생각이 나는데요."

주부는 고개를 갸웃하더니 말을 이었다.

"하지만 사고가 나기 전이었던 건 분명해요. 난로 때문에 사고가 난 마당에 석유를 부을 수는 없을 테니까요."

곤혹스러웠다. 그녀가 거짓말을 한다는 생각은 들지 않았다. 게다가 석유의 양이 늘어난 것에 대해서는 나도 의문을 품고 있었다. 나오미가 채운 것이라면 앞뒤가 맞는다.

문제는 나오미가 왜 그런 짓을 했느냐 하는 것이다. 그리고 왜 그 얘기를 하지 않은 걸까? 뒷집 주부의 말대로 사고가 일어난 후에 한 행동으로는 보이지 않는다. 그렇다면 나오미는 사고가 일어나기 전에 우리 집에 와 있었다는 얘기인가?

알 수 없는 일이 또 하나 있었다. 우리 집 거실은 주방과 이어져 있어 아코디언도어로 공간을 나눠졌다. 그런데 나오미는 사고가 일어난 당시 그 아코디언도어가 닫혀 있었다고 증언을 했다. 그때 이상하다는 생각을 했다. 그날 아침에 아코디언도어를 닫은 기억이 없기 때문이다. 히로코가 닫았을 리도 없다.

그러나 아코디언도어가 닫혀 있지 않았다면 앞뒤가 들어맞지 않는다. 난로가 켜져 있었을 것으로 추정되는 시간이나 거실의 크기로 미루어 볼 때 그 도어가 열려 있었다면 사망 사고로 이어지지는 않았으리라는 것이 전문가의 의견이었다.

머릿속에서 나오미에 대한 의혹이 커지기 시작했다. 나오미가 고의로 히로코를 중독사시킨 것은 아닐까 하고.

설마 싶어 부정하려 했다. 나오미가 그런 일을 꾀할 리 없지 않은가. 그러나 그 동기의 유무에 생각이 미쳤을 때 내 마음은 미묘하게 흔들렸다.

나오미와의 결혼에서 가장 큰 문제는 히로코였다.

정말 알 수 없는 노릇이지만 히로코는 나오미를 좀처럼 따르려 하지 않았다. 나오미는 여러 번 집에 왔고, 셋이서 놀러 가기도 하고 외식도 자주 했다. 하지만 히로코는 아무리 시간이 지나도 그녀를 '낯선 여자'로밖에 보지 않는 듯했다. 원래 낯을 가리는 아이긴 했지만 그만큼 같이 있었는데도 전혀 따르지 않는 건 아무래도 이상했다.

"히로코가 혹시 엄마를 기억하는 걸까요? 그래서 나한테 마음을 열지 않는 게 아닐까요?"

언젠가 한번은 도저히 참을 수 없다는 듯 나오미가 그렇게 물은 적이 있다. 물론 일언지하에 부정했다.

"걔 엄마가 세상을 떠났을 때 히로코는 아직 갓난아기였으니 설마 그럴 리는 없을 거야."

"그럼 왜일까요? 뭔가 나한테 잘못된 점이라도 있는 걸까요?"

"넌 잘하고 있고 아무것도 잘못된 건 없어. 머지않아 히로코도 알게 될 거야. 조금만 더 기다려주지 않을래?"

"네. 그야 당연하죠."

그런 대화를 몇 번인가 주고받은 기억이 난다. 그때마다 나오미는 이해해 주는 듯 싶었지만 과연 정말로 이해한 것일까? 그도 그럴 것이, 히로코의 태도는 점점 도가 지나쳐 급기야 대놓고 나오미를 싫어하는 것처럼 보이는 일조차 있었다. 네 살을 맞아 집에서 생일 파티를 하려 했을 때는 나오미를 아예 집에 들이려고도 하지 않았다. 나오미는 어쩔 줄 몰라 하다 결국 그대로 돌아갔다.

그런 아이는 차라리 없는 게 좋을 텐데.

그런 생각이 나오미의 가슴에 싹트지 않았을까? 그걸 딱 잘라 부정할 만한 근거가 내게는 없었다.

그날의 행동을 추리해 봤다. 나오미가 우리 집에 온 당초 목적은 그녀가 말했듯 가구를 들일 방의 사이즈를 재기 위해서였으리라. 하지만 그때 거실에서 자고 있는 히로코를 보고 끔찍한 생각을 품었다. 이대로 밀폐된 방에서 난로를 켜면 일산화탄소 중독을 일으키지 않을까?

어쩌면 그 정도로 명백한 살의는 없었을지도 모른다. 그렇지만 어쩌면 하는 마음은 있었던 게 아닐까? 범행이라고 할 수 있을 정도로 적극적인 행위는 아니다. 난로를 켜는 것 자체에는 아무 문제도 없는 것이다.

나오미는 난로로 다가가 불을 켜려 했다. 하지만 석유가 없다는 걸 알게 되었다. 그래서 석유를 보충하고 점화했다. 석유 탱크가 집 뒤쪽 창고에 있다는 걸 그녀는 알고 있었다.

난로에 불이 붙은 걸 확인하고 거실 문을 닫았다. 만에 하나 실수가 없도록 주방에 설치해둔 아코디언도어도 닫았다. 그리고 일단 집에서 나갔다가 어느 정도 시간이 지난 뒤 다시 들어왔다.

예상한 대로 히로코는 거실에 축 늘어져 있었다. 나오미는 환기를 시키고 난로를 끈 다음 의사를 불렀다. 물론 이미 늦었기를 바라는 심정으로.

그녀는 아코디언도어 얘기는 하고 싶지 않았을지도 모른다. 그러나 잠자코 있으면 사고라는 점에 모순이 생길 테니 자기가 왔을 때는 닫혀 있었다고 증언할 수밖에 없었을 것이다.

나오미에 대한 의혹은 나날이 부풀어 올라 마침내 그녀가 범인이라는 확신을 가지게 되었다. 하지만 경찰에 알리겠다는 생각은 한 번도 하지 않았다. 내 손으로 직접 진상을 밝힐 것이다.

그 결과 안 좋은 쪽으로 결론이 나면 어떻게 할 것인가? 거기에 대해서도 이미 결심을 굳혔다. 만약 나오미가 히로코를 죽였다면 내 손으로 나오미를 죽일 수밖에 없다.

"대답해."

양손으로 나오미의 목을 잡고 물었다.

"네가 히로코를 죽인 거냐?"

나오미는 슬픈 눈으로 나를 바라보았다. 입을 열 기미는 보이지 않았다.

"난로에 석유를 채워 넣은 건 너지? 왜 그런 짓을 한 거야?"

그러나 그녀는 여전히 잠자코 있었다. 그녀가 한마디 변명조차 하지 않는 이유를 나로서는 알 길이 없었다.

"왜 대답하지 않는 거야? 잠자코 있는 건 히로코를 죽인 사실을 부정하지 않겠다는 뜻인가."

그녀는 보일 듯 말 듯 고개를 젓더니 살며시 입술을 벌렸다.

"……인데."

"뭐? 뭐라고 한 거야?"

"신혼여행인데. 행복해야 하는데."

내 얼굴이 일그러지는 게 느껴졌다.

"네가 그런 게 아니라면 이제부터라도 그렇게 될 수 있어. 자, 빨리 사실대로 말해."

하지만 나오미는 대답하지 않고 눈을 감았다. 그리고 가슴을 크게 들썩이며 심호흡을 하더니 눈을 뜨지 않고 말했다.

"나를 죽이고 싶으면 죽이세요."

메마른 음성이었다.

"그렇다면 역시……."

나오미는 침묵한 채 천천히 숨을 내쉴 뿐이었다. 고무공이 오므라들듯 그녀의 몸에서 힘이 빠져나갔다.

"알았어."

마른침을 삼키고 손끝에 힘을 주었다.

## 4

다음 날 아침 혼자 레스토랑에 앉아 있는데 예의 노부부가 옆 테이블에 자리를 잡았다. 아무래도 이 레스토랑의 종업원은 일본인은 일본인끼리 몰아두자는 생각을 하는 모양이다.

누구와도 말을 섞고 싶지 않았지만 마주친 이상 인사를 할 수밖에 없었다.

"오늘 아침에는 혼자시네요. 부인은 어쩌시고요?"

노인이 물었다.

"속이 좀 안 좋다며 방에서 쉬고 있어요. 별일 아닌 것 같긴 하지만요."

"그거 참 안됐네요."

“지친 거겠죠. 오늘 하루는 푹 쉬시는 게 좋을지도 모르겠어요.”

부인이 입을 열었다.

“감사합니다.”

나오미에 관해 더 이상 질문을 받고 싶지 않아 고개를 숙이고 먹는 데 전념하는 척했다. 사실 식욕이라곤 전혀 없었다.

무미건조한 아침식사를 마친 후 방에 돌아가지 않고 그대로 바닷가로 나갔다. 몇몇 가족 일행은 벌써 모래사장에 매트를 깔아놓고 있었다. 그들에게서 조금 떨어진 곳에 앉았다.

멍하니 바다를 바라보고 있으려니 몇 년 전 하와이에 왔을 때 일이 떠올랐다. 그때는 전처와 함께였다. 그 여행에서 돌아간 직후 임신이 되었는데 아내는 그전부터 딸아이를 낳고 싶어 했다. 소망은 이루어져 히로코가 태어났지만…….

전처가 교통사고를 당했던 때를 선명히 기억하고 있다. 연락을 받고 병원으로 달려갔지만 아내는 끝끝내 깨어나지 않았다. 히로코는 무슨 일이 일어났는지 이해하지 못하는 듯했지만 내 눈물을 보더니 ‘으앙’ 하고 울음을 터뜨렸다. 그때 우는 히로코를 껴안고 맹세했다.

‘결코 이 아이를 불행하게 하지 않을 거야. 내가 당신 몫까지 이 아이를 사랑해 줄게.’

그런 히로코를 죽이고 만 것이다.

사고라면 그나마 체념할 수 있을 것이다. 하지만 인위적인 것이라면 복수를 할 수밖에 없다. 그 상대가 누구든.

하지만 정말로 나오미가 죽인 것일까?

인정할 수밖에 없었다. 나오미를 의심하던 마음이 이제 와서 흔들리기 시작한 것을. 그녀가 그런 끔찍한 일을 저지를 리 없다고 생각하기 시작한 것을.

나오미는 내가 다니는 회사의 후배였다. 밝은 성격과 누구에게나 다정하게 대하는 태도가 내 마음을 움직였다. 이 여자라면 히로코에게 좋은 엄마가 되어줄 수 있을 거라는 생각이 들었다. 그리고 그녀도 내게 호의를 품은 듯했다.

그래도 프러포즈하기까지 상당히 오랜 시간 망설였다. 그녀는 초혼이다. 아이가 딸린 나 같은 남자와 결혼하면 그녀가 고생할 건 뻔한 일이었다.

그럼에도 마음을 굳히고 청혼하자 그녀는 단호하게 말했다.

"저, 꼭 좋은 엄마가 될 거예요."

그때 그 말이 귓가에 되살아났다. 입에서 나오는 대로 아무렇게나 말하는 것 같지는 않았다. 물론 그런 결심이 시간과 더불어 풍화되고 마는 일도 곧잘 있지만, 그때 나는 그녀를 믿었다. 그 마음이 이제 와서 되살아난 것이다.

말도 안 돼. 이젠 돌이킬 수도 없다고. 그 증거로, 신혼여행이라고 와놓고 나 혼자 이렇게 바닷가에 나와 앉아 있지 않은

가. 그리고 머릿속으로는 이미 나오미의 시체를 어떻게 처리할 것인지 생각해 두고 있었다.

## 5

저녁때 방에 있는데 노크 소리가 들렸다. 문 밖에 그 노인이 서 있었다.

"한잔 안 하시겠어요? 아직 해가 저물지는 않았지만."

그는 브랜디 병을 손에 들고서 한쪽 눈을 찡긋해 보였다. 거절할 만한 마땅한 구실이 떠오르지 않아 그를 방에 들였다.

"그런데 부인은요?"

방 안을 둘러보더니 노인이 물었다.

"잠시 나갔어요. 쇼핑이라도 하나 보죠."

태연한 척했지만 말투가 부자연스러워지는 걸 스스로도 알 수 있었다.

"그러셨군요. 몸은 이제 괜찮아지신 거죠?"

"네. 덕분에요."

잔과 얼음을 준비해서 테이블 위에 놓았다. 그는 기쁜 표정으로 의자에 앉았다.

"해외여행은 자주 하시나요?"

브랜디를 각자의 잔에 따르면서 그가 물었다.

"아뇨. 1~2년에 한 번꼴이에요. 그것도 가까운 곳뿐이지만요."

"그래도 부럽군요. 전에도 말했지만 역시 여행은 젊을 때 하는 게 좋아요."

술을 한 모금 마시더니 그는 방구석에 놓여 있는 슈트케이스를 가리켰다.

"굉장히 큰 슈트케이스네요. 저렇게 큰 건 별로 본 적이 없어요."

"예전에 유럽 여행을 가려고 산 겁니다. 너무 커서 나르기 불편한 게 단점이지요."

그때 유럽에도 전처와 함께 갔다. 저 슈트케이스를 보고 그녀가 한 말을 기억한다.

"내가 이 안에 들어가서 항공료를 절약할까?"

실제로 몸집이 작은 사람이라면 충분히 들어가고도 남는다.

"이 정도로 크면 상당히 많은 짐이 들어가겠군요."

노인은 가까이 다가가 슈트케이스를 유심히 살펴보았다. 열어서 안을 보고 싶어 하는 것 같았지만 모르는 척 잠자코 있었다. 그러더니 그는 그것을 들어 올리려고 했다. 무게가 얼마나 나가는지 알아보려 한 것이리라. 그러나 슈트케이스는 1밀리미터도 바닥에서 떨어지지 않았다.

"흐음, 정말로 무겁군요."

그는 약간 얼굴을 붉히며 내 쪽으로 돌아왔다.

"부인은 방에 계시나요?"

내가 묻자 그는 쓴웃음을 지었다.

"오전 중에 너무 여기저기 들쑤시고 다녔나 봅니다. 머리가 아프다면서 누워 있어요."

"걱정되시겠네요."

"아뇨. 금세 나을 거예요. 그 사람 몸은 본인보다도 내가 더 잘 알고 있지요."

그러면서 노인은 기분이 좋은 듯 잔을 기울였다.

"자제분은 안 계시나요?"

"없어요. 노인 둘이서 살아가고 있습니다."

노인의 웃는 얼굴은 그리 쓸쓸해 보이지도 않았다. 쓸쓸해하던 시절도 이미 지나버린 것일까?

거대한 슈트케이스를 바라보면서 브랜디를 마셨다. 여행을 떠나기 전 나오미가 짐을 꾸리던 모습이 떠올랐다. 위가 뒤집힐 듯한 압박감이 느껴졌다.

"한 가지 여쭤봐도 될까요?"

잔을 내려놓고 노인을 보았다.

"부인을 죽이고 싶다는 생각을 하신 적이 있습니까?"

노인은 그리 놀라는 기색도 없이 천천히 잔을 테이블에 내려놓았다. 그리고 잠시 비스듬히 위로 시선을 향하더니 내 얼굴을 마주하고서 입을 열었다.

"있지요."

"네?"

"있어요. 50년이나 함께 살았으니까요."

노인은 술잔을 입으로 가져갔다. 그리고 한 모금 술을 머금고 양처럼 입술을 오물오물 움직이다가 삼켰다.

"그렇게는 보이지 않습니다. 아주 사이가 좋아 보이세요."

"그런가요? 하지만 아무리 사이가 좋은 부부라도 위기는 찾아오죠. 아니, 서로 사랑하기에 도리어 감정이 뒤얽혀서 굴레를 쓰기도 하는 법이죠."

"감정이 뒤얽혀서."

"상대방을 생각해서 한 행동을 상대방은 이해하지 못해 톱니바퀴가 거꾸로 돌고 마는 거지요. 그 톱니바퀴를 제자리로 돌리기란 어려워요. 왜냐하면 그러려면 상대방에게 상처를 줄 수밖에 없기 때문이지요."

"톱니바퀴."

그의 말을 곱씹으며 한숨을 쉬었다.

"그야 그저 단순한 오해가 원인이라면 언젠가는 풀릴 날이 오겠지요."

우리 경우는 그렇게 문제가 단순하지 않다고 마음속으로 덧붙였다. 나오미가 히로코를 죽인 게 아니라면 어째서 한마디 변명조차 하지 않은 것인가.

그러자 내 마음을 읽기라도 한 듯 노인이 말했다.

"오해인지 아닌지는 풀려봐야 비로소 알 수 있는 거예요."

흠칫 놀라 한순간 할 말을 잃었다.

"그야 그렇지만 영원히 판단을 할 수 없는 경우도 있겠지요. 마음을 정하지 못한 채 결론을 내릴 수밖에 없는 경우가요."

그러자 노인은 소리 내지 않고 웃더니 말했다.

"결정을 내릴 수 없을 때는 그냥 믿는 거예요. 그러지 못하는 자는 어리석어요."

노인은 일어났다.

"저는 이만 가보겠습니다."

노인을 문 앞까지 배웅했다. 그가 나를 돌아보았다.

"상대의 행동만 생각하면 좀처럼 오해는 풀리지 않는 법입니다. 그런 쪽으로 꼭 한번 생각해 보세요."

그 말의 의미를 알 수 없어 답변을 못하고 머뭇거렸다. 그런 나를 보며 그는 싱긋 웃더니 문을 열고 나갔다.

방 안에 혼자 남자 좀 더 술을 마시기로 했다. 잔에는 아직 브랜디가 남아 있었다. 노인이 한 말이 마음에 걸렸다. 상대의 행동만 생각해서는 안 된다.

무슨 뜻일까? 자신의 행동도 생각하라는 뜻일까? 하지만 히로코가 죽었을 때 나는 그 자리에 없었다. 생각하고 싶어도 생각할 것이 없다.

굳이 생각한다면 집을 나가기 전일까? 하지만 나는 그때 난로를 껐다고 굳게 믿고 있다.

내 마음이 조금 흔들린 것은 그 후의 행동을 돌이켜 생각했을 때였다. 이제껏 난로에만 정신이 팔려 그 밖의 것에는 생각이 미치지 않은 것이다.

실로 중요한 요소가 거기에 숨어 있었다. 왜 이제껏 그것을 알아차리지 못했을까?

가만히 앉아 있을 수 없어 곰처럼 방 안을 서성거리기 시작했다. 끔찍하기 그지없는 추리가 착착 머릿속에 세워졌다. 마침내 모든 의문이 풀렸다.

그 노인은 틀림없이 그것을 가르쳐주러 온 것이리라.

몇 분 후에 방에서 뛰쳐나갔다. 그리고 복도를 달려 노부부의 방문을 노크했다.

"역시 오셨군요."

노인이 나를 맞아주었다. 방 안으로 들어가 창가에 놓여 있는 의자 앞에 멈춰 섰다.

"왜 말해주지 않았어?"

신음하듯이 말했다.

"히로코를 죽인 사람은 나지?"

"난…… 말 못해요."

나오미는 눈물을 흘리고 있었다.

# 6

"낮에 숲 속에 쓰러져 있는 걸 우리가 발견했어요."

부인이 나오미의 손을 잡았다. 그녀의 손목에는 붕대가 감겨 있었다. 자살을 기도했다는 걸 알아차렸다.

"경찰에 알려야 한다고 생각했지만 그것만은 피하게 해달라고 부탁하더군요. 그 대신 자초지종을 물었어요. 따님 일은 정말 유감입니다. 상황으로 미뤄 부인을 의심할 수밖에 없었을 당신 심정도 이해는 갑니다."

노인이 옆에서 말했다. 방금 노인이 나와 이야기를 나눌 때도 나오미는 이 방에 있었으리라.

고개를 가로저었다.

"하지만 오해였지요. 말씀하신 대로."

"오해는 누구나 곧잘 하게 마련이지요. 그보다 어젯밤 마음을 바꾼 건 정말 잘하신 겁니다."

노인의 말에 부끄러워졌다. 자신이 얼마나 멍청한 짓을 하려 했는지 깨달은 것이다.

어젯밤에 나오미의 목을 조르다가 결국 중간에 그만두었다. 하지만 그녀를 믿었기 때문은 아니다. 사람을 죽인다는 게 두려웠을 뿐이다.

"죽이지 않을 거예요?"

손의 힘을 늦추자 거꾸로 나오미가 물어왔다. 대꾸하지 않았다.

오늘 아침 일찍 나오미는 방에서 나갔다. 함께 있기가 괴로웠기 때문이리라. 그때 이미 자살할 생각이었는지도 모른다. 노부부가 그녀를 발견한 것은 그야말로 행운이었다.

"미안해."

나오미에게 머리를 숙였다.

"용서해 달라는 말은 안 할게. 하지만 이것만은 말해줘. 차 엔진은 네가 끈 거니?"

그녀는 여전히 망설이는 듯했지만 더 이상은 숨길 수 없다고 생각했는지 체념한 듯 고개를 끄덕였다.

"네. 내가 껐어요."

"역시 그랬군. 결국 너는 내 잘못을 덮기 위해 난로를……"

눈을 감았다. 목소리가 나오지 않았다.

모든 것은 내 실수였다. 그날 아침 차의 시동을 켜둔 채 집에서 나간 것이다. 그 이유를 지금은 명확히 떠올릴 수 있다. 그날 아침은 유난히 추웠다. 그래서 엔진을 예열해놓고 출발하는 게 낫겠다고 생각한 것이다. 그사이에 카세트테이프를 사오려고 했다.

그런데 그 사건에 휘말려서 제때에 돌아오지 못했다. 그사이 차의 배기가스가 계단을 타고 올라가 복도 가득 퍼지기 시작한 것이다. 그리고 그때 히로코는 복도에서 졸고 있었을 것이다. 그 아이는 아침에는 늘 그랬다.

나오미가 집에 왔을 때의 상황을 쉽사리 상상할 수 있었다. 히로코는 배기가스에 질식해 쓰러져 있었을 것이다. 그리고 상황을 알아차린 나오미는 내 실수를 덮으려 했다. 난로에 석유를 붓고 불완전연소가 원인이 되어 일산화탄소 중독을 일으킨 것처럼 꾸미려 한 것이다.

아코디언도어도 그렇다. 위장한 것이 들키지 않도록 그녀가 거짓말을 꾸며낸 것이다.

이게 무슨 일이란 말인가. 내가 히로코를 죽였다는 것도 모른 채 오히려 나를 감싸려고 애쓴 나오미를 의심했다. 아니, 그것만이 아니라 그녀를 죽이려 했다.

무릎에서 힘이 빠져 바닥에 주저앉았다.

"네 마음이 내키는 대로 해."

고개를 푹 숙였다. 눈물이 뚝뚝 바닥에 떨어졌다. 후회와 자책으로 온몸이 오그라드는 것 같았다.

그때 어깨를 쓰다듬는 손길이 느껴졌다. 고개를 들자 나오미가 괴로운 듯 눈썹을 찡그리고 있었다.

"말할 수 없었어요, 도저히. 당신이 괴로워하는 걸 보고 싶지 않았으니까."

"말해줬어야 했어. 어젯밤에라도."

그러자 나오미의 얼굴이 일그러졌다. 울다가 웃는 듯한 표정이었다.

"이제 죽이지 말아요."

"나오미."

"자, 그럼."

노인이 등 뒤에서 말했다.

"넷이서 같이 식사를 하러 가죠. 오늘 저녁은 우리가 대접하겠습니다. 젊은 두 사람이 새롭게 출발하는 밤이니까요."

나는 나오미가 내미는 손을 잡고 휘청거리며 일어났다.

# 등대에서

## 1

집을 치우다 보니 오래된 앨범이 나왔다. 아니, 나왔다는 표현은 적절하지 않다. 이 앨범이 있다는 것은 늘 내 머릿속에 남아 있었으니까. 어디에 숨겨두었는지 한순간도 잊은 적은 없다.

서재 책상 위에 앨범을 놓고 한 장 한 장 넘겼다.

문제의 페이지가 나오자 손을 멈추었다. 거기에는 사진과 함께 신문에서 오려낸 기사가 붙어 있었다. 사진에는 하얀 등대가 찍혀 있다.

그 후로 어느덧 13년이 지났다. 지난 4월에 나는 서른한 살이 되었고, 유스케는 서른두 살이 되었다. 그러나 여전히 그 일을 누군가에게 이야기할 수 없었다. 설사 그것이 지금도 또렷이 떠올릴 수 있는 사건일지라도.

13년 전 가을, 나는 열여덟 살이었다. 그리고 유스케는 열아홉 살이었다.

동급생인데 유스케가 한 살 많은 것은 그저 두 사람의 생년

월일 때문일 뿐 유스케가 재수라든지 낙제를 한 탓은 결코 아니었다. 그의 생일은 4월 2일이고, 나는 그 이듬해 4월 1일에 태어났다. 그러니까 동급생 중에 유스케가 가장 나이가 많고 내가 가장 어린 셈이었다.

유스케와 내가 유치원부터 대학교까지 같은 학교에 다니게 된 것은 서로 집이 가깝다는 물리적인 이유 외에도 뭔가 초자연적인 힘이 작용한 거라는 생각이 들었다. 하물며 대학에서도 학부만 달랐을 뿐, 그가 적을 둔 사회학부와 문학부가 같은 건물에 있어서 만나는 횟수는 고등학교 때나 별다를 바가 없었다.

물론 둘 사이는 나쁘지 않았다. 함께 행동하는 때도 많았다. 그러나 분명 '친한 친구'라고 할 만한 사이도 아니었다. 유스케는 곧잘 "우리 같은 사이를 두고 좋은 관계라고 하는 거겠지"라고 말했다.

좋은 관계. 그 말은 어떤 의미에서는 정확하고 또 어떤 의미에서는 정확하지 않다고 할 수 있다. 친구로서 우리 관계는 마치 엉클어진 실처럼 복잡하게 오랜 시간과 과거에 의해 이어졌기 때문이다.

그런 우리가 여행을 떠나게 되었다. 대학교 1학년 가을이었다. 가을이라고 해도 여름방학이 막 끝났을 때니 여전히 며칠에 한 번은 지독한 더위가 기승을 부렸다.

원래는 나 혼자 여행을 떠날 작정이었다. 학창 시절의 추억도 만들고, 조금은 정신적으로 강인해지고 싶었다. 내 계획을 어디서 들었는지 알 수 없지만 유스케가 관심을 보였다. 그러면서 자기도 함께 가겠다는 말을 꺼냈다. 그렇게 되면 나 홀로 여행이 되지 않는다며 난색을 표하자 따로 다니겠다고 했다.

"서로 정반대 경로로 도는 거야. 그래서 나중에 누가 더 재미있는 여행을 했는지 겨뤄보자고."

"왜 그런 짓을 하는데?"

"왜라고 할 것도 없어. 게임이야, 게임. 상관없잖아. 나도 우연히 같은 방향으로 여행하게 됐다고 생각해."

"그야 물론 나한테 여행을 못하게 할 권리 같은 건 없지."

얄궂은 이야기였다. 하지만 유스케가 왜 그런 이야기를 꺼냈는지 대충 짐작은 갔다. 아마도 유스케는 내가 혼자 여행할 생각을 했다는 것 자체가 그다지 마음에 들지 않았을 것이다. 유스케의 인생 시나리오에서 나는 틀림없이 마음 약하고 그의 도움 없이는 아무것도 하지 못하는 남자 역할을 계속 맡는 것으로 설정해 두었을 테니 말이다.

행선지는 도호쿠 방면으로 정했다. 구체적인 일정은 세우지 않은 채 자유 승차권을 활용해 가급적 많은 곳을 돌아볼 작정이었다.

시기적으로 봐서 이맘때라면 어디든 한산할 거라고 생각

했다. 학생이 아무리 공부를 하지 않는다고 해도 시험을 앞두고는 얌전해지기 마련이다. 만약 중요한 과목이 그 시험에 포함되어 있었다면 나도 그런 시기에 여행을 하겠다는 생각 따윈 하지 않았을 것이다. 게다가 자기 입으로 이렇게 말하는 것도 우습지만 나는 평소에 빠지지 않고 성실히 강의를 들었고 노트 필기도 야무지게 해놓았다. 그러니 시험을 앞두고 조급해할 이유는 없다. 오히려 문제는 유스케 쪽이라고 생각했지만 자기가 먼저 말을 꺼낸 이상 무슨 대책이 있을 것이다. 복사하라며 노트를 빌려주거나 시험 당일 옆자리에 앉아서 그가 보기 쉽게 답안지를 슬쩍 밀어줄 사람이 학부 내에 있을지도 모른다. 물론 고등학교 시절에 그런 일은 언제나 내 몫이었다.

따로 행동하기로 했지만 출발은 같이 하기로 했다. 우리는 같은 열차를 탔다. 다만 내리는 역은 다르다. 나는 도호쿠를 남쪽부터 돌 생각이었지만, 유스케는 단번에 아오모리까지 갈 거라고 했다.

"오늘 밤에 묵을 곳은 정했냐?"

열차가 달리기 시작하자 잠시 후 유스케가 물었다.

"응, 오늘 밤만. 역 앞의 비즈니스호텔을 예약해 뒀어."

그러자 그는 '흥' 하고 콧방귀를 뀌더니 깔보듯이 웃었다.

"나홀로 여행에서 호텔 같은 델 가는 게 아니라고. 하긴 그런

게 도련님의 한계겠지. 난 아예 목적지도 없다. 그래도 걱정은 안 해. 정 갈 곳이 없으면 역 대합실에서라도 자면 되니까."

도련님이라는 말에 슬며시 화가 났다.

"나도 내일부터는 야숙도 각오하고 있어. 그 준비도 해 왔고."

"그래? 하지만 그만두는 게 좋을 거다. 그런 건 평소에 체력을 단련해 두지 않았다면 힘들 테니까 말이야."

"그쯤은 괜찮아."

"아무튼 너무 무리는 하지 마라. 나홀로 여행이라니, 너한테는 애초에 어울리지 않는 거니까."

유스케가 내 어깨를 툭 쳤다.

그리고 우리는 한동안 대학이니 동아리니 하는 이야기를 하며 시간을 보냈다. '우리는'이라고 했지만 실제로는 유스케 혼자 지껄이다시피 했다. 유스케는 테니스와 스키 동아리에 가입해 있었다. 그곳에서 일어나는 이런저런 일이 얼마나 재미있는지 자랑하며 자기야말로 이상적인 대학생활을 누리고 있다는 사실을 내게 깨우쳐 주려 했다.

깨우쳐 주는 것, 정말로 그랬다. 유스케는 그러기 위해서 이번 여행을 계획한 것이 틀림없다. 내게 자신감이 생기는 것이 못마땅한 것이다.

나는 늘 자신감이 없었으니까.

그래서 늘 남의 뒤에 숨어 있었으니까. 그 남이라는 건 대개 유스케였고, 덕분에 그는 친구가 의지하는 그릇이 큰 청년 역할을 해낼 수 있었으니까.

언제부터 그런 관계가 성립된 것일까 생각을 더듬어보았다. 아마도 유치원 때부터일 것이다. 아닌 게 아니라, 그 무렵에는 늘 유스케 뒤에 숨어 있었다. 나는 또래 집단에서 나이도 가장 어렸고 당연히 몸집도 작았다. 그에 반해 유스케는 상급생이 한 명 섞여 있나 오해를 살 정도로 덩치가 컸다.

누구라도 유스케를 한 수 위로 보았다. 그의 명령이라면 모두들 잘 훈련받은 군대처럼 충직하게 따랐다. 하지만 그런 식으로 한 사람이 잘난 체하면 어디서든 불만이 쌓이기 마련이다. 모두들 그 불만을 가장 약한 자에게 터뜨렸다. 바로 나에게 터뜨린 것이다. 그래서 스스로를 지켜야 한다는 절박함에 나는 유스케 뒤에 딱 달라붙어 지낼 수밖에 없었다. 그리고 유스케는 그런 상황이 무척 마음에 드는 듯했다.

그런 관계는 그 후에도 지속되었다. 초등학생이 되고, 중학생이 되어서도 그랬다. 내 체격이 점차 모두를 따라잡아 유스케의 키가 반에서 두드러질 정도로 큰 편은 아닌 상황이 되어서도 그 역학관계에는 변화가 없었다. 유스케는 늘 리더 역할이었고 나를 조수나 졸병처럼 취급했다. 한심한 이야기지만 솔직히 나도 그런 상황이 편했다. 그의 뒤에 붙어 있으면 이런저런 재미있는 일, 불량한 행위라고 할 수는 없지만 실행하는 데 다소 용기가 필요한 놀이 같은 것을 접할 수 있었기 때문이다.

고등학생이 되어 본격적으로 이성을 의식하게 되자 유스케는 나를 이제까지와는 다른 방식으로 이용하기 시작했다. 그러니까 내 역할은 그를 돋보이게 하는 것이었다. 성적 매력이 빈약한 나를 늘 옆에 데리고 다니면서 자신의 장점을 부각할 생각이었으리라. 실제로 그 당시 유스케는 몇 번인가 나를 데리고 나가 여자아이 두 명과 더블데이트를 했다. 그중 한 아이가 유스케가 마음에 둔 아이였고, 나는 당연히 다른 아이의 파트너가 되어야 했다. 그럴 때면 내 파트너인 여자아이 역시 친구를 돋보이게 하는 비참한 역할을 떠맡고 있는 듯 보였다.

하지만 이제 와서 차분히 돌이켜보면 유스케가 내게 그런 역할을 맡긴 것은 단순히 이성을 의식했기 때문만은 아닐 거라는 생각이 든다. 중학교 때까지만 해도 대장 격이던 유스케가 고등학교에 들어간 후로 눈에 띄게 활력을 잃어갔기 때문이다. 학교 성적도 그랬고 운동 실력도 그랬다. 더는 아무도 유스케를 두려워하지 않았고 그의 의견을 특별히 존중하는 분위기도 없었다. 요컨대 그저 평범한 고등학생 중 한 명일 뿐이었다.

자기과시가 남달리 강한 유스케로서는 그런 상황이 견딜 수 없었을 것이다. 그는 자신의 위신이 예전 같지 않다는 걸 드러나지 않도록 비교 대상을 곁에 두려고 한 것이 아닐까? 그리고 그 대상이 나였던 거다. 내가 여전히 유스케를 따르는 부하로 존재하는 한 겉보기에 그는 변함없는 것처럼 보인다. 적어도 유스케 자신은 예전과 마찬가지로 우월감을 맛볼 수 있는 것이다.

열차는 산속을 달리고 있었다.

유스케는 눈을 감고 있다. 자랑하는 것도 지겨워졌는지, 아니면 자랑할 거리가 떨어졌는지도 모르겠다. 그 옆얼굴을 바라보고 있는데 내 시선을 느꼈는지 그가 눈을 뜨고 나를 쳐다보았다.

"왜 그래? 왜 보는데?"

"아무것도 아냐. 자고 있었니?"

"그랬나 보네."

그는 양쪽 눈꺼풀을 손가락으로 눌렀다.

"순식간에 잠이 들어버렸네. 여행할 때는 늘 이렇다니까. 어디서든 머리만 닿으면 잠들 수 있다는 게 자랑이긴 하지만. 신경이 둔한 거겠지, 뭐."

또 자랑이군. 불쾌함을 넘어서 쓴웃음을 짓고 싶은 심정이었다.

"너도 잤냐?"

"아니, 별로 졸리지 않아."

"그래? 그래도 잘 수 있을 때 자두는 게 지치지 않는 요령이라고. 하긴 이런 말을 한들 무리겠지. 넌 예민한 구석이 있으니까. 이번에도 수면제를 챙겨왔냐?"

"응. 일단은."

"흥, 그래서 괜찮겠냐?"

유스케는 한쪽 뺨을 실룩이며 웃었다.

"나도 버번이라는 약을 늘 배낭에 가지고 다니긴 하지만, 진짜 수면제를 지참하고 나홀로 여행이라니. 너도 참 시원찮다."

벌써부터 잽을 넣으며 나를 공격한다. 신경 쓰지 말라고 스스로를 달랬다.

이번 여행의 가장 큰 목적은 정신적으로 나 자신을 강인하게 단련하는 것이지만, 그 이면에는 십수 년 동안 유지되고 있는 유스케와 나 사이의 역학관계를 청산하고 싶다는 소망도 있었다. 스스로에게 자신이 생기면 유스케에게 근거 없는 열등감을 느낄 일도 없을 것이라고 생각했다.

아마 유스케는 그게 마음에 들지 않았을 것이다. 늘 우위에 있던 사람은 자기 지배 아래 있던 놈이 뛰쳐나가는 것을 허락하지 않는다. 그래서 이번 일을 생각해 냈을 것이다. 아마 여행이 끝난 후에 이렇게 말할 작정이리라. 둘이 똑같이 여행했어도 내 여행 더 스릴이 넘쳤다. 그에 비해 네 여행은 나홀로 여행이라고 할 만한 것도 못 된다. 그러면 지금까지 이어온 역학관계에 금이 갈 일도 없을 거라고 생각했을 것이다.

져서는 안 된다고 생각했다. 절대 이 여행을 단순한 관광지 순례로 끝내서는 안 된다.

우에노를 출발한 지 다섯 시간 만에 센다이역에 도착했다. 자리에서 일어나 배낭을 짊어졌다.

"그럼 갈게."

"그래. 잘해라."

유스케는 가볍게 오른손을 들었다. 자신만만한 얼굴에 심보가 고약한 표정이 슬쩍 드러난 걸 봐도 아무렇지도 않았다. 하지만 통로 중간에서 그를 돌아보았을 때 한순간 불안한 기색을 드러낸 것은 뜻밖이었다.

센다이에서 하룻밤 묵은 다음 마쓰시마를 구경하고 이시노마키로 갔다. 묵을 만한 곳을 찾지 못했기 때문이었다. 다음 날에는 히라이즈미를 거쳐 하나마키까지 갔다. 미야자와 겐지의 옛집 근처에 있는 민박에서 묵었다.

그날 밤부터 초조해지기 시작했다.

아니나 다를까, 단순히 관광지를 돌고 있을 뿐이라는 걸 깨달았기 때문이다. 아무런 해프닝도 일어나지 않았다. 나처럼 나홀로 여행을 즐기는 여대생을 만나 꿈같은 하룻밤을 보내는 일도 없고 그 지방 사람과 친해져 비경을 구경하는 일도 없었다.

유스케는 지금쯤 어떻게 지내고 있을까? 이불 밑에서 숙소의 천장을 바라보며 생각했다. 유스케는 여자에게 말을 거는 데도 능숙하다. 그걸 성공으로 이끌 만큼 잘생기기도 했다. 어쩌면 지금쯤 이미 혼자 여행하고 있지 않을지도 모른다. 그런 것도 당연히 그에게는 자랑거리가 될 것이고, 만약 그런 이야기를 듣게 된다면 나는 그가 노린 대로 짐짓 자신감을 잃고 말 것이다.

내일은 일단 동해 쪽으로 가보기로 했다. 그 거칠고 광활한 바다를 바라보고 있으면 작은 일에 집착하는 소심한 내가 바보스러워 보이지 않을까 싶었다.

어쩌면 나를 바꿀 만한 무언가가 있을지도 모른다.

## 2

열차를 타고 동해 쪽으로 가서 ×역에서 내렸다. 역 이름을 밝히지 않는 데는 물론 그럴 만한 이유가 있다. 거기에서 버스를 탔다. 대관절 몇십 년을 운행했나 싶을 정도로 차체는 엉망이었고 거의 모든 좌석의 시트가 찢어진 상태였다. 도로 포장 상태도 형편없어서 엉덩이가 아플 정도로 차가 심하게 흔들렸다. 나 말고 버스에 탄 사람은 한눈에 봐도 그곳 사람이라는 것을 알 수 있는 몇 명과 두 명의 젊은 여자 여행객뿐이었다. 그들은 직장인처럼 보였다.

유스케라면 아마 망설이지 않고 다가가 말을 걸 거라는 생각이 들었지만 내 경우는 그리 간단하지 않았다. 상대가 두 명이니 어쩔 도리가 없다는 둥, 자세히 보니 그리 젊지도 않다는 둥, 그런 소극적인 생각만 머리에 떠올랐다. 그러다 버스가 목적지에 도착하는 바람에 결국 말을 걸 타이밍을 놓치고 말았다.

도착한 곳은 동해 쪽으로 돌출한 작은 곶이었다. 주위를 둘러봐도 아무것도 없었다. 마냥 드넓은 들판에 등대가 하나 우뚝 솟아 있을 뿐이었다. 그리고 한눈에 봐도 직장 단합대회라는 것을 알 수 있는 단체가 지친 발걸음으로 어슬렁어슬렁 걷고 있었다.

곶의 끝머리까지 걸어가서 바다를 내려다보았다. 거대한 바위 틈새로 물보라가 세차게 일고 있었다.

그래, 이게 동해구나 싶었지만 기대한 충격도 감동도 느껴지지 않아 슬그머니 맥이 풀렸다.

등대 앞을 지나가는데 버스를 같이 타고 온 여자 두 명이 안으로 들어가고 있었다. 그들에게 이끌려 나도 걸음을 내디뎠다. 어차피 달리 볼 만한 것도 없었다.

안으로 들어서자마자 매표창구 같은 것이 있고, 그곳에서 가당치도 않게 입장료를 받고 있었다. 창구에는 안경을 쓴 서른 남짓 되어 보이는 피부가 까만 남자가 앉아 있었다. 거스름돈을 건네줄 때 그 팔뚝이 몹시 굵은 것이 인상에 남았다.

나선형 계단을 올라갔지만 등대 위에서 내려다보는 경치도 예상한 대로 특별히 웅장하진 않았다. 그저 먼 곳이 잘 보이는 정도였다. 그래도 반대편에 있는 여자들이 나누는 대화가 재미있어서 그곳에 머물러 있었는데 그들이 가버리자 더 있을 이유가 없어졌다. 등대를 한 바퀴 돌고 나서 내려가기로 했다. 이런 곳에서 꾸물거리고 있을 시간이 없었다. 생각해 보니 오늘 밤 묵을 곳도 아직 정하지 않았다.

계단을 내려가려는데 옆에서 목소리가 들려왔다.

"혼자 여행하시는 건가요?"

아까 창구에 앉아 있던 남자가 난간에 기대서서 내 쪽을 보고 있었다. 키가 크고 몸집도 다부졌다. 하얀 와이셔츠 단추가 뜯어질 것처럼 가슴팍도 두툼했다. 그리고 그 두툼한 가슴팍에 큼직한 쌍안경을 늘어뜨리고 있었다.

그렇다고 대답하자 안경 너머 그의 눈이 미소를 지었다.

"그거 참 부럽네요. 그럴 수 있는 것도 젊을 때뿐이니까요. 학생이죠?"

"그렇습니다."

"대학."

그는 팔짱을 끼고 머리부터 발끝까지 나를 쓱 훑었다.

"3학년쯤 되었나요?"

"틀리셨네요. 1학년입니다."

"그래요? 그럼 올봄에 합격한 거네요. 그래서 올해는 맘껏 놀아보자고 결심한 거군요."

"그렇다기보다 지금이 아니면 할 수 없는 걸 해 두려고요."

"그렇군요."

그는 자신에게도 그런 시기가 있었다는 듯이 몇 번이고 고개를 끄덕였다.

"도호쿠 지방을 돌고 있나요?"

"네. 그러고 나서 가능하면 홋카이도에도 가보려고요."

"흐음, 홋카이도까지요? 그래서 어때요? 어디 마음에 드는 데는 있었나요?"

"글쎄요. 몇 군데는."

"이를테면?"

"이를테면……."

조금 난처해져서 얼굴을 돌리자 바다가 눈에 들어왔다.

“이를테면 여기요. 관광명소로 알려지진 않았지만 그래서 도리어 더 좋은 것 같아요.”

이 지방 사람에게 조금쯤 입에 발린 말을 해둬도 괜찮을 듯 싶었다. 아니나 다를까, 그는 기쁜 표정을 지었다.

“여기가 마음에 들었어요? 맞아요. 여기는 숨은 명소죠. 특히 이 등대에서 내려다보는 경치는 최고예요. 마음이 정화되는 느낌이 든다고 할까.”

그는 바다를 향해 크게 심호흡을 하더니 내 쪽을 돌아보았다.

“어때요? 내려가서 커피라도 한잔 들지 않을래요? 인스턴트긴 하지만.”

플라스틱 컵에 든 인스턴트커피를 마시면서 조금은 유스케에게 얘기할 거리가 생길 것 같다는 생각을 했다. 현지 사람과 친해지는 것은 여행의 훈장 같은 느낌을 주니까.

등대지기 남자는 고이즈미라고 자신의 이름을 밝혔다. 혼자서 이곳에 근무한다고 했다.

“혼자서 말입니까? 늘요?”

조금은 놀라워서 되묻자 그는 쓴웃음을 지었다.

“늘 그럴 수야 없죠. 동료가 있어요. 그 사람과 교대를 하죠. 난 오늘 낮부터 모레 오전까지 근무해요.”

“그래도 힘드시겠네요.”

실내를 둘러보았다. 관측실은 다다미 여섯 장쯤 되는 크기의 아담한 방이었다. 온갖 계기가 놓여 있었지만 어떤 기능을 하는지는 짐작조차 가지 않았다. 데이터 기록 장치가 한 대 작동하며 기록 용지에 빨간 선과 까만 선과 파란 선을 천천히 그려나가고 있었다.

나는 벽 쪽에 놓인 누추한 소파에 앉았고, 그는 작은 테이블을 사이에 두고 마주 앉아 있었다.

"오늘은 날씨가 참 좋네요. 저녁노을을 보러 가지 않을래요?"

손목시계를 보며 그가 말했다. 나도 내 시계를 보았다. 5시가 다 되어가고 있었다.

"여기서 보는 저녁노을은 특별하죠. 학생은 바다에 태양이 가라앉는 장면을 본 적이 있어요?"

"태양이 바다에요? 없습니다."

"그렇겠죠. 태평양 쪽에 사는 사람들은 바다에서 태양이 솟아오르는 건 봐도 가라앉는 건 보지 못하니까. 근사해요. 갑시다. 좋은 장소가 있어요."

그리고 등대지기는 손으로 양쪽 무릎을 치며 일어났다.

"하지만 괜찮으신가요? 관광객이 올지도 모르잖아요."

"괜찮아요. 오늘은 이제 아무도 오지 않아요. 시내에서 들어오는 버스는 학생이 타고 온 차가 막차예요. 게다가 입장은 어차피 5시까지니까 평소보다 조금쯤 일찍 닫아도 상관없어요."

"그렇습니까?"

그렇다면 안내를 받는 것도 나쁘지 않겠다는 생각이 들었다. 비경까지는 아니라도 현지 사람이 '좋은 장소'라고 말하는 곳에 한 번쯤 가보고 싶기도 했다.

배낭을 짊어지려 하자 그가 말했다.

"아, 짐은 두고 가는 게 어때요? 바위를 오르락내리락해야 하니까 짐은 없는 편이 좋을 거예요."

"나간 김에 곧장 버스 정류장으로 가려고요."

나가는 버스 막차 시간까지 시간이 별로 없었다.

"맞춰 갈 수 있어요. 맞춰 갈 수 있도록 돌아오면 되죠. 만약 늦어지면 가장 가까운 역까지 차로 데려다줄게요."

"아뇨. 어떻게든 시간에 맞춰 돌아와야 할 것 같아요. 그럼 카메라만 들고 가겠습니다."

배낭에서 카메라를 꺼내면서 아까부터 왠지 모르게 마음에 걸리는 것이 있다는 데 생각이 미쳤다. 그것은 그가 한 말이었다. 어떻게 내가 막차를 타고 온 걸 알고 있는 것일까?

동시에 머리를 스치는 것이 있었다. 등대에 올라가 있을 때 그는 가슴에 쌍안경을 늘어뜨리고 있었다.

"서두르죠. 모처럼의 셔터 찬스를 놓치면 아깝잖아요."

멍하니 생각에 잠겨 있는데 그가 와이셔츠 소매를 내리면서 재촉했다.

"네. 지금 갈게요."

카메라를 손에 들고 그의 뒤를 따랐다. 무슨 엉뚱한 생각을 하는 거냐고 스스로를 나무랐다. 그가 나를 물끄러미 보고 있었을 리 없지 않은가.

**3**

고이즈미가 서두른 것치고는 일몰까지 아직 시간 여유가 있는 듯했다. 이럴 줄 알았으면 역시 배낭을 가지고 오는 건데 그랬다는 후회가 엄습했다.

우리는 오른쪽으로 해안을 내려다보며 잡초가 제멋대로 자란 들판을 걸었다.

"더 가면 예쁜 꽃이 피어 있는 곳이 있어요."

전방의 나지막한 언덕을 가리키며 고이즈미가 말했다. 시간은 그다지 신경 쓰는 것 같지 않았다.

작은 언덕을 넘었지만 예쁜 꽃이 피어 있는 곳은 나오지 않았다. 내가 주위를 두리번거리자 그는 더 앞쪽을 집게손가락으로 가리키며 말했다.

"저기예요. 보이죠?"

바다에 면한 비탈길 중턱에 하얀 꽃이 흐드러지게 피어 있는 것이 보였다. 그러나 200미터는 더 가야 할 듯싶었다.

"자, 가죠."

그가 말했지만 가볍게 손사래를 쳤다.

"아뇨. 전 됐어요. 시간도 별로 없고요."

"그래요? 그럼 여기서 저녁노을을 보죠."

그가 풀밭에 앉기에 나도 그 옆에 앉았다.

"고이즈미 씨는 자주 이렇게 산책을 하시나요?"

"하죠. 여긴 정말 좋은 곳이에요. 아무리 다녀도 질리지 않죠. 계절의 추이가 손에 잡힐 듯이 느껴진다고 할까. 이런 건 도시에서는 맛볼 수 없는 거죠."

"부럽네요."

"그렇죠? 학생도 이 기회에 만끽해 둬요."

"네."

고개를 끄덕이면서 손목시계를 보았다. 버스 시간이 다가오고 있었다. 이제 슬슬 등대로 돌아가는 게 좋겠다고 생각하는데 그가 내 심중을 알아차린 듯 물었다.

"오늘 밤 묵을 곳은 정했나요?"

고개를 가로저으며 그래서 되도록 빨리 ×역으로 돌아가고 싶다고 말했다.

"그럼 오늘 밤은 여기서 묵고 가면 어때요?"

"묵다니, 등대에서 말입니까?"

"그래요."

그는 고개를 끄덕이며 미소 지었다.

"임시 숙박 시설이 있어서 우리는 거기서 지내거든요. 두 사람 정도는 편히 잘 수 있어요. 뭐 그다지 깨끗하지는 않지만요."

"아니, 그래도 그러면 죄송해서……."

"난 상관없어요. 아까도 말했듯이 나 혼자니까. 오히려 이야기 상대가 있으면 좋겠다 싶거든요."

"하지만……."

"그렇게 해요. 굳이 비싼 숙소에 묵을 필요는 없잖아요."

"그렇긴 하지만…… 그럼 신세를 져도 될까요?"

등대에 묵는 정도면 나 홀로 여행의 에피소드로 조금도 부끄럽지 않을 것이라는 생각이 들었다. 게다가 유스케는 나를 제대로 된 숙소가 아니면 묵지 못하는 도련님으로 여기고 있지 않은가.

"좋아요. 그럼 결정한 거고. 그렇다면 저녁식사를 어떻게 할지 생각해야겠군요. 같이 뭐라도 사러 가죠."

고이즈미가 일어나기에 조금 당황했다.

"저, 바다에서 지는 저녁노을은……."

"아 참, 그랬죠. 내가 말을 꺼내놓고 중요한 걸 잊고 있었네요."

그는 쓴웃음을 짓더니 다시 앉았다.

태양이 바다로 가라앉는 모습을 느긋하게 촬영하고 나서 우리는 바다를 뒤로하고 걸음을 옮겼다. 큰길로 나가 10분쯤 걸어가니 작은 식료품 가게가 하나 나왔다.

"여행을 한다고 해서 억지로 그 지역의 명물을 찾으려고 할 필요는 없지요. 그런 건 단순한 자기만족이에요. 중요한 건 어떤 느낌을 받느냐 하는 거죠."

그렇게 말하면서 고이즈미는 바구니에 레토르트 카레나 정어리 통조림 같은 것을 담았다. 이런 곳까지 와서 인스턴트 식품인가 싶어 슬며시 지겨워졌지만 입 밖에 낼 수는 없었다.

식료품 가게에서 나오자 그는 바로 옆에 있는 주류 판매점으로 들어가 한 되짜리 토종 술을 두 병 샀다.

"이것도 인연이니 오늘 밤에는 밤새 마셔봅시다. 술은 마실 줄 알죠?"

"네. 조금이라면."

조심스럽게 대답했지만 실은 어찌된 영문인지 술에는 강했다. 아마 타고난 것이리라.

주류 판매점에서 나오니 옆의 식료품 가게는 벌써 문 닫을 준비를 하고 있었다. 그 가게뿐 아니라 주위의 집도 문단속을 하고 있었다. 어두침침한 길을 걷고 있는 건 우리 둘뿐이었다. 버스 정류장에 이르렀을 때 별생각 없이 시간표를 보다

발길을 멈췄다. ×역행 임시 버스가 있다는 걸 알게 되었기 때문이다. 시계를 보니 출발 시간까지 15분이 남아 있었다.

"왜 그래요?"

앞서 걸어가던 고이즈미가 멈춰 서서 물었다.

"고이즈미 씨, 저 역시 가는 게 좋겠어요. 임시 버스가 있는 모양이에요."

"뭐라고?"

그는 내 쪽으로 다가와 버스 시간표를 보더니 나를 내려다보았다. 미간에 주름이 잡혀 있었고 말투도 반말로 바뀌어 있었다.

"하지만 묵을 곳이 없다며?"

"그건 어떻게든 될 거예요. 큰 역으로 나가면 근처에 비즈니스호텔도 있을 거고."

"따분하군."

그가 내뱉듯이 말했다.

"그런 여행은 따분해. 돈은 그렇게 헛되이 쓰는 게 아니야. 됐으니까 내 숙소에서 자고 가."

"하지만……."

"일부러 먹을 것도 샀고 술도 준비했잖아. 나를 실망시키지 마. 게다가 학생 신분에 호텔에 묵다니 사치라고."

고이즈미의 목소리에서 명백한 분노가 느껴져 흠칫했다.

왜 이렇게 화를 내는 건지 영문을 알 수가 없었다. 학생이 혼자 여행한다는 얘기를 듣고 도와주려 했는데 그 호의를 저버렸다는 생각에 화가 난 것일까?

만약 그렇다면 호의를 받아들여야 마땅할지도 모른다.

"알겠습니다. 그럼 오늘 밤에는 신세를 지겠습니다."

"그래. 그러는 게 제일 낫다고."

고이즈미는 크게 고개를 끄덕이더니 양손에 식료품과 술을 들고 다시 걷기 시작했다.

등대로 돌아가자마자 저녁부터 먹기로 했다. 저녁 준비라고 해봐야 레토르트 카레를 데우거나 통조림을 따서 내용물을 플라스틱 그릇에 옮겨 담는 정도였다. 아무튼 제대로 된 조리 기구는 거의 없다시피 했다. 나는 과도로 치즈를 잘랐는데 그 과도조차 칼날이 제대로 들지 않았다.

대충 준비를 마치자 고이즈미는 컵을 두 개 가져오더니 토종 술을 가득 따랐다.

"너의 여행을 위하여 건배!"

"감사합니다."

우리는 컵을 부딪쳤다.

한 되짜리 술병은 눈 깜짝할 사이에 바닥을 보였다. 고이즈미가 마시는 속도도 예사롭지 않았는데 내게도 꽤 강압적으로 술을 권했기 때문이었다.

“그런데 너 제법 술이 세구나.”

두 번째 병을 따면서 그가 말했다.

“자주 마시나?”

“아니요, 그리 자주 마시진 않아요. 그렇다고 술을 싫어하는 건 아니지만.”

“주종으로 따지면 뭘 좋아하는데? 위스키?”

“딱히 뭐가 좋다는 건 없어요. 내가 아는 사람 중에는 버번만 마시는 친구도 있지만요.”

유스케가 그렇다.

“흠, 나는 일본술밖에 마시지 않아. 위스키니 브랜디니 하는 건 비싸기만 하지 맛있다는 생각은 들지 않아서.”

그러면서 또 내 컵에 술을 따랐다.

술을 마시면서 우리는 많은 이야기를 나누었다. 서로의 신상에 관한 이야기로 시작해 문화니 스포츠로 화제가 넘어갔다가 오늘날 정치에 대한 불만 같은 것을 목청 높여 떠들어댔다. 조금 전까지만 해도 생판 모르는 남이던 사람과 이렇게 허물없이 어울리고 있다는 사실이 이제껏 느껴본 적 없는 긴장과 흥분을 안겨주었다.

두 번째 병을 반쯤 비웠을 즈음 고이즈미는 “그런데 말이야”라며 의미심장한 웃음을 입술에 머금었다. 눈이 풀린 걸 보니 드디어 술기운이 도는 모양이었다. 반면 나는 아직 멀쩡하다고 스스로 느끼고 있었다.

그는 새끼손가락을 세우더니 "이쪽 경험은 어때?"라고 물었다.

"아, 그건 그냥 남들처럼……."

"무슨 소리야? 그냥이라니, 얘가 의미심장한 소리를 하네. 여자친구는 있는 거야?"

그는 여전히 헤실헤실 웃으며 나를 보고 있었다. 아까 먹은 정어리 껍질이 앞니 사이에 끼어 있었다.

"지금은 없지만 고등학교 때 딱 한 명 있었어요."

"흐음, 왜 헤어졌는데?"

"그냥 대수롭지 않은 이유예요. 그 아이의 아버지가 해외 근무를 나가게 돼서 자연스레 걔도 미국 대학에 들어갔어요. 그래서 그 후로는 만나지 못했고요."

거기까지 이야기하자 고이즈미는 킥킥거리며 웃었다.

"그럼 차인 거나 다를 게 없잖아."

"하지만 편지는 지금도 주고받는걸요."

"그래? 하지만 편지로는……"

그는 자신의 컵에 술을 따르더니 단숨에 반쯤 들이켰다. 그러고서 손등으로 입가를 닦더니 말을 이었다.

"그래서 어땠는데? 그 아이하고는?"

"어떻다니, 뭐가 말입니까?"

"딴청 피우지 말라고. 했느냐는 말이야, 잡수셨냐고."

"아아."

'잡수셨다'는 표현이 마음에 걸려 솔직히 대답하기가 망설여졌다. 그녀를 안으면서 나는 회심의 미소를 짓지도 않았다. 그건 우리의 이별 의식이었던 것이다.

"상상에 맡기겠어요."

생각한 끝에 그렇게 대답했지만 그걸로 넘어가주지 않았다.

"그랬군. 했단 말이군."

그는 알겠다는 듯 몇 번이나 고개를 끄덕였다. 그러고서 얼굴을 들더니 또 물었다.

"그게 처음이었던 건가?"

술을 마시다 사레들릴 뻔했다.

"그것도 상상에 맡기겠습니다."

"왜 그래? 솔직히 얘기해 보라고. 남자끼리잖아. 아하, 아직 술이 모자란 모양이군. 이럴 줄 알았으면 한 병 더 사오는 건데."

그가 술병을 기울이자 반사적으로 컵을 내밀었다. 이 등대지기와 함께 있는 것이 점차 고통스럽게 느껴지기 시작했다.

## 4

등대에 묵기로 결정했을 때 오늘 밤에는 목욕을 하지 못할 거라고 각오했다. 기껏해야 샤워기나 달려 있는 정도일 거라고 생각했기 때문이다. 그랬으니만큼 고이즈미가 목욕 준비를 하는 걸 보고는 깜짝 놀랐다.

"얼른 몸을 담그고 와. 피로를 푸는 데는 목욕이 최고지."

목욕탕은 복도를 끼고 맞은편에 있었다. 그러나 탈의실 같은 곳은 보이지 않아 물어보니 고이즈미가 쓴웃음을 지으며 대답했다.

"늘 혼자 있으니까 그런 건 필요 없지. 여기서 벗고 가면 돼."

"네? 그럼."

관측실에서 옷을 벗어 긴 의자 위에 개어놓았다. 그리고 배낭에서 목욕용품 세트를 꺼내 들고 팬티 바람으로 출입구를 향해 걸어갔다.

"뭐야? 팬티도 벗고 가는 게 낫지 않아?"

뒤에서 고이즈미가 말했다.

"아니, 목욕탕에서 간단히 빨까 싶어서요."

"그래도 그렇지. 뭐 아무래도 상관없긴 하지만."

"그럼 저 먼저 씻고 오겠습니다."

목욕탕은 생각한 것보다 좁고 어두웠다. 낡은 드럼통을 개

조한 것이 아닐까 싶은 원통형 욕조가 있고 10센티미터쯤 되는 그 앞의 공간에서 몸을 씻도록 되어 있었다.

느긋하게 욕조에 몸을 담그고 나와서 벽이나 수도꼭지에 팔이 부딪히지 않도록 조심하며 몸을 씻고 있는데 갑자기 문이 열렸다.

"물 온도는 어때?"

고이즈미가 물었다.

"네. 딱 좋아요."

"다행이군. 등을 밀어줄까?"

"아니, 됐습니다."

"사양하지 말고."

"그게 아니라 벌써 씻었어요."

"흐음."

그는 몇 초 동안 아무 말 없이 물끄러미 나를 내려다보았다. 그 눈길이 신경 쓰여 무슨 일이냐고 물었다.

"아니, 아무것도 아냐. 그럼 난 잘 준비를 해 두지."

그렇게 말하고 그는 문을 닫았다.

목욕탕에서 나와 씻기 전에 입었던 옷을 다시 입었다. 갈아입을 여분 옷으로 트레이닝셔츠가 있었지만 임시 숙소의 상황을 알 수 없었기 때문이었다.

긴 의자에 앉아 책을 읽고 있는데 고이즈미가 돌아왔다.

"옆방이 임시 숙소야. 거기 있는 담요를 대충 덮고 먼저 자. 나는 목욕하고 올 테니까."

"고맙습니다."

책을 치우고 옆방으로 가니 다다미 석 장 크기쯤 되는 방에 담요가 몇 장이나 빼곡히 깔려 있었다. 어느 담요를 깔고 어느 담요를 덮어야 할지 알 길이 없었다. 대충 몸에 휘감고 눕기로 했다. 그 방에는 창문이 없었다. 그곳에 누워 얼룩투성이 천장을 바라보고 있는데 5분쯤 지나자 고이즈미가 들어왔다.

"벌써 다 하신 거예요? 빠르시네요."

"응. 땀을 씻어낼 뿐이니까."

그는 러닝셔츠와 팬티 차림이었다. 인왕상처럼 어깨와 팔의 근육이 불끈 솟아 있었다. 그가 곧 불을 끄고 내 옆에 누웠다.

눈을 감고 가만히 있으려니 까무룩 잠이 드는 것을 스스로도 느낄 수 있었다. 이제야 술기운이 도는 모양이었다. 멍한 머리로 가족을 생각했다. 부모님과 여동생은 내가 이런 곳에 있을 거라고는 꿈에도 생각지 못할 것이다.

미국에 간 여자친구를 생각했다. 그녀의 보드라운 몸을 안았을 때를. 그녀는 조심조심 내 페니스를 만지더니 "신기해"라고 중얼거렸다. 그리고 이어진 아찔한 쾌감.

그때 눈이 확 뜨였다. 하복부에 이상한 감촉이 느껴졌다.

단순히 페니스가 발기한 것만은 아니었다.

천천히 고개를 숙여 무슨 일이 일어나고 있는지 확인하려 했다. 순간 눈이 뒤집히는 줄 알았다.

어느새 청바지 지퍼가 내려가 있었다. 그리고 단단해진 페니스를 누군가가 팬티 위로 만지고 있었다.

아니, 굳이 누군가라고 할 필요도 없다. 거기에는 나 말고 한 사람밖에 없었으니까. 눈을 부릅뜨고 보니 내 엉덩이 바로 옆에 그의 머리가 있었다.

심장박동이 빨라졌다. 몸이 얼어붙은 것처럼 굳었다.

그런 거였구나.

등대지기의 목적을 그제야 비로소 알 수 있었다. 생각해 보면 그가 생면부지 학생에게 친절히 대할 이유 같은 건 어디에도 없었다. 그는 역시 쌍안경으로 보고 있었던 것이다. 버스에서 내리는 승객 한 사람 한 사람을. 그러면서 찾고 있었던 것이다, 자기 취향의 젊은 남자를.

온몸에서 땀이 솟아났다. 어떻게 하면 좋을지 머리를 굴렸다. 경솔하게 날뛰거나 하는 건 금물이라고 생각했다. 소란을 피우면 그는 힘으로 굴복시키려 할 것이다. 고릴라 같은 근육의 소유자와 격투를 벌여 이길 수 있을 거라는 생각은 들지 않았다.

팬티에 손을 대는 기척이 느껴졌다. 페니스는 이미 바람 빠진 풍선처럼 오그라들어 있었다.

더 이상 꾸물거릴 수는 없었다. 중얼중얼 알아들을 수 없는 소리를 내며 잠에 취한 척 반대쪽으로 몸을 틀었다. 그도 조금 놀랐는지 화들짝 손을 떼었다.

벽 쪽을 보고 누워 숨을 죽였다. 다음에는 어떤 식으로 나올지 예측할 수 없어 불안과 공포가 머릿속에서 소용돌이치고 있었다. 특히 그에게 등을 보인 채 누워 있다는 점이 나를 불안하게 했다. 당장 청바지가 내려가고 팬티가 벗겨지는 건 아닐까 싶어 제정신이 아니었다.

가능하면 청바지 지퍼만이라도 원래대로 올리고 싶었지만, 그러면 내가 깨어 있다는 걸 알아차리고 말 것이다. 그때 내게 유일한 희망은, 그가 아직 힘으로 욕망을 채우려 하지 않고 먹이가 얌전히 숙면에 빠지기를 기다려주고 있다는 것이었다.

아무런 대책도 떠오르지 않아 꿈쩍도 하지 않는데 이윽고 그가 움직이기 시작했다. 내 엉덩이로 손을 뻗은 것이다. 그리고 천천히 쓰다듬었다. 그 행위에는 내가 잠들어 있는지 확인하겠다는 속내도 숨어 있을 터였다. 그러니까 더 이상 얌전히 있을 수는 없다는 뜻이었다.

마침내 결심이 서자 '으응' 하고 신음 소리를 내며 다시 한 번 몸을 뒤척였다. 이번에도 그는 슬그머니 손을 떼었다. 그걸 확인한 다음 헛기침을 한 번 하고 일부러 나른한 몸짓으로 윗몸을 일으켰다. 그러고는 푹 자고 있다가 깨어난 사람처럼 얼굴을 마구 문지르고서 늘어지게 하품을 했다. 그는 엎드린 채 자는 시늉을 하고 있었다.

서두르지 않으려고 조심하며 엉금엉금 기어서 문 쪽으로 갔다. 스니커즈를 꺾어 신고 방에서 나가 바로 맞은편에 있는 화장실 문을 열었다. 하지만 소변 같은 걸 볼 겨를은 물론 없었다. 불만 켜놓은 다음 그대로 문을 닫고서 소리가 나지 않게 살금살금 관측실로 들어갔다.

짐을 거기에 두길 잘했다. 스니커즈를 제대로 신고 청바지의 지퍼를 올렸다. 그리고 알루미늄 새시 창을 연 다음 먼저 배낭을 밖으로 던지고 창틀을 타넘었다.

그러나 탈출은 그때부터였다. 건물을 2미터쯤 되는 콘크리트 벽이 에워싸고 있었기 때문이다. 대문도 그 정도 높이는 되어 보였다. 배낭을 짊어진 채 죽을힘을 다해 그것을 타넘었다.

당장이라도 놈이 쫓아올 것만 같아 불안했다. 대문에서 뛰어내리자마자 정신없이 내달렸다. 가로등도 없어 믿을 것이라고는 달빛뿐이었지만 어둠이 내 모습도 감추어 줄 거라는 생각에 한편으로는 마음이 든든했다. '등대 밑이 어둡다'는 일본 속담이 고마울 지경이었다.

그날 밤은 결국 버스 정류장에서 조금 떨어진 풀밭에서 침낭 속에 들어가 지새웠다. 정류장에는 지붕도 있고 벤치도 있었지만 만약 그가 쫓아올 경우 바로 발각될 것 같아 두려웠기 때문이다.

날이 밝자 곧 첫 버스가 왔다. 졸린 눈을 비비며 버스에 올라탔다. 끝끝내 한숨도 자지 못했다. 잠이 들었다 싶으면 그 남자가 꿈에서 쫓아와 벌떡 일어나곤 했다.

버스 창밖을 내다보며 이제 두 번 다시 이곳에는 오지 않겠다고 중얼거렸다.

×역에 도착하자 전철을 타고 유스케와 만나기로 한 역으로 갔다. 만나기로 한 찻집은 금세 찾을 수 있었다. 아직 오지 않은 유스케를 기다리면서 어젯밤에 있었던 일을 어떻게 얘기할지 생각을 정리했다. 그 기이한 체험에 대해 들으면 아무리 유스케라도 놀랄 수밖에 없을 것이다.

유스케는 약속 시간이 거의 30분쯤 지나서야 찻집에 나타났다. 그러나 그는 늦은 것에 대해 한마디 사과도 없었다. 자리에 앉자마자 "어젯밤은 최고였어"라고 말하며 실실 웃으면서 담배를 꺼냈다.

"도노에서 꼬드긴 여자가 말이야, 모리오카에서 혼자 사는 안내 도우미였거든. 그래서 어젯밤에는 그 여자 집에 묵었지. 그런데 그게 또 괜찮은 여자더라고. 나이는 나보다 한 살밖에

많지 않은데 묘하게 성적으로 무르익은 거야."

"흐음."

"정말이지 혼자 하는 여행은 이런 일이 생겨서 재미있다니까. 그런데 넌 어땠는데? 해프닝 같은 게 있기는 했냐?"

"응. 그런 셈이야."

그렇게 말한 순간 머릿속에 한 가지 생각이 번뜩 떠올랐다. 장난이라고 하기에는 도가 지나친, 악의가 깃든 계획이었지만 그 생각이 내 마음을 사로잡고 놓아주지 않았다.

"뭐야? 무슨 일이 있었는데?"

"그러니까 이를테면 주손이라는 절에서 있었던 일인데……."

그저께까지 있었던 일을 이야기했다. 유스케는 중간에 실소를 터뜨렸다.

"예상했지만 참으로 고상한 여행이군. 조금은 모험이라는 걸 해보는 게 어때?"

"좀처럼 기회가 생기질 않네. 아, 그래도 어젯밤은 좀 아쉽기는 하다. 사실은 조금 특이한 곳에 묵을 수 있었거든."

"특이한 곳?"

"응. 등대 말이야."

그리고 그 작은 곶에 갔던 일을 유스케에게 이야기했다. 하지만 어젯밤에는 ×역 부근의 숙소에서 잔 것으로 해 두었다.

"그 숙소에서 다른 여행객에게 들은 얘긴데, 말만 잘하면 그곳 등대에서 묵게 해 준다고 하더라고. 물론 식비도 숙박비도 받지 않는대. 다만 이제껏 실제로 묵은 사람은 없는 모양이지만 말이야. 도호쿠를 혼자 여행하는 사람들한테는 전설적인 장소라나 봐."

"흐음, 재미있네."

의도한 대로 유스케는 내 이야기에 관심을 보였다.

"그럼 오늘은 그곳에 가볼까?"

"괜찮겠어? 등대지기가 꽤 무서워 보이는 사람이라고 하던데."

"괜찮아. 내가 너랑 같은 줄 아냐?"

유스케는 입술을 씰룩이며 웃었다.

## 5

유스케와 헤어지고 나서 아오모리까지 올라갔다. 그리고 오소레잔에 갔다가 다시 아오모리로 돌아와 비즈니스호텔에 체크인을 했다. 욕실에서 샤워를 하며 지금쯤 그 등대에서 술잔치가 시작되었을 거라고 상상했다.

등대지기는 오늘 밤에도 그 토종 술을 샀을 것이다. 보나 마나 유스케는 버번을 온더록스로 마구 마셔대고 있을 것이다.

유스케도 술에 강하다. 평소 같으면 어젯밤의 나처럼 어지간해서는 곤드레만드레 취하지 않는다.

그러나 오늘 밤은 다를 것이다.

아침에 그를 만났을 때 수를 써놓았다. 유스케가 화장실에 간 사이 그의 배낭에서 버번 병을 찾아 늘 가지고 다니는 수면제를 넣어둔 것이다.

그러니까 아무리 술에 강한 유스케라도 오늘 밤만큼은 별 수 없이 쓰러지고 말 것이다.

그러고 나서 무슨 일이 일어날 것인가.

다음 날에는 버스를 타고 하코다 산을 넘었다. 그리고 오이라세에서 내려 도와다 호수까지 걸었다. 나처럼 산골짜기에 흐르는 시냇물을 따라 학생처럼 보이는 젊은이가 여러 명 걷고 있었다. 도와다 호수를 유람선으로 건너 거기에서 다시 버스를 타고 도와다미나미로 나간 후 하나와 선을 타고 모리오카에 도착했다.

모리오카에서는 메밀국수 식당을 겸하는 여관에 묵었다. 완코소바(모리오카의 명물로 밥그릇 크기의 그릇에 국수를 담아 손님이 뚜껑을 덮을 때까지 무한정 제공한다)에 도전했다. 일흔두 그릇을 해치우고는 결국 포기했다.

터질 것 같은 배를 부여잡고 방으로 돌아가 텔레비전 전원을 켰다. 멍하니 뉴스를 보고 있다가 너무 놀란 나머지 하마터면 펄쩍 뛰어오를 뻔했다.

여기까지가 13년 전에 있었던 일의 개요다.

텔레비전 뉴스로 그 사건을 접한 나는 다음 날 아침 일찍 신문을 사러 나갔다. 그리고 정성껏 그 기사를 오려 도호쿠 여행 가이드북 사이에 끼워두었다.

그 기사가 지금 이 앨범에 붙어 있는 것이다.

이걸 본 사람은 나와 유스케뿐이다. 그때 여행에서 돌아온 후 서로의 앨범을 보여준 것이다.

유스케의 앨범은 그의 여정이 그 작은 곶에서 끝났다는 사실을 여실히 보여주었다. 그때 내 앨범을 보던 그의 표정을 나는 절대 잊지 못할 것이다.

이 신문 기사를 붙여놓은 것에 대해 그는 아무 말도 하지 않았다. 이건 뭐냐고 묻지도 않았다.

나 역시 아무 말도 하지 않았다.

아마 우리 두 사람이 그 일에 대해 이야기를 나눌 일은 앞으로도 없을 것이다. 그걸로 된 것이다.

앨범을 덮기 전에 다시 한번 오래된 기사를 읽어보았다. 작은 곶의 등대지기가 살해된 사건을 보도한 기사다.

흉기는 과도. 거기에 쓰여 있지는 않았지만, 아마 칼날이 무딘 그 과도일 것이다.

사망 추정 시각은 새벽 5시에서 8시 사이. 피해자는 임시 숙소에서 잠자던 중 살해된 것으로 추정. 다툰 흔적은 없다.

그리고 임시 숙소 담요에는 피해자의 것으로 추정되는 정액이 묻어 있었다.

등대지기가 사정했다는 사실이 나로서는 흥미로웠다. 그러나 그것에 대해 유스케에게 묻는 일은 결코 없을 것이다.

조용히 앨범을 덮었다. 앞으로 10년, 아니면 20년 후에나 다시 펼쳐보게 될까?

어쨌든 나와 유스케의 '좋은 관계'는 계속 이어질 것이다.

# 결혼 보고

## 1

야마시타 노리코라니, 누구지? 모르는 사람이라는 생각을 하며 도모미는 감청색 바탕에 꽃무늬가 들어간 봉투를 뜯었다. 하지만 작고 동글동글한 글씨가 빼곡히 쓰여 있는 편지지를 본 순간 '응? 혹시 그 노리코인가?' 하는 생각에 조금은 초조한 마음으로 편지를 읽어 내려갔다.

그건 역시 그 노리코, 하세가와 노리코가 보낸 편지였다.

도모미, 오랜만이네. 잘 지냈니? 오랫동안 모두에게 걱정만 끼치다가 얼마 전에 드디어 결혼했어. 돌이켜보면 우여곡절도 참 많았으니 한참을 돌아온 셈이지.

서른 살을 눈앞에 둔 나를 벼랑 끝에서 구해준 사람은 야마시타 마사아키라는 니가타 출신의 한 살 연상 남자야. 같은 회사에 근무했으니까, 소위 말하는 사내 결혼이지.

도모미도 알다시피, 내 이상형은 눈매가 시원시원하고 콧날이 오뚝하고 입매는 기품 있고 얼굴색은 햇볕에 그을린 갈색이면서 여드름이나 뾰루지 같은 건 나지 않은 매끈매끈한 피부에 어깨는 딱 벌어지고 엉덩이는 작으면서 탱탱하고 키가 큰, 한 눈에 봐도 스포츠맨 같은 타입이었지. 마사아키는 이런 조건을 10퍼센트도 채우지 못해. 친구들에게 소개하면 어김없이 "다정해 보이는 사람이네"라고 입을 모으지. 그래도 몸은 튼튼하고 일도 열심히 하니 남편감으로는 합격이라는 생각이 들어. 다만 나비 수집이라는, 나로서는 이해할 수 없는 취미를 즐기는 게 골칫거리긴 하지. 보기만 해도 비위가 상하는 나비 표본 케이스가 2DK(방 두 개에 주방과 욕실이 딸린 주택 구조)의 좁은 집을 점령하고 있어. 개중에는 아무리 봐도 나방으로밖에 보이지 않는 것도 있어. 얼마 전에 먹고살기도 힘드니까 이런 취미 생활은 대충 해 두라고 못을 박긴 했지만 어떨지. 이런 것도 생각 외로 제법 값이 나가거든.

도모미는 어떻게 지내? 보나마나 야무진 커리어우먼으로 잘 지내고 있겠지. 바쁘겠지만 혹시 이쪽으로 올 일이 있으면 꼭 들러.

추신, 돈이 아까워서 결혼식은 올리지 않았어. 그이랑 같이 찍은 사진을 동봉할게.

'흥, 뭐가 야무진 커리어우먼이야. 그러니까 나는 거둬줄

남자도 없다는 얘기를 하고 싶은 거겠지.'

편지를 두 번 읽고 나서 도모미는 속으로 밉살스러운 말을 투덜거렸다. 그렇긴 해도 진심으로 불쾌한 건 아니다. 학창 시절에는 이런 편지를 노리코와 자주 주고받았다.

노리코는 도쿄에서 전문대를 같이 다닌 친구다. 도모미는 거의 한 시간 반이나 걸리는 사이타마 집에서 통학했지만 노리코는 이시가와 현 출신이어서 자취를 했다. 그래서 시내에서 놀다 늦어지면 곧잘 그녀의 집에 묵곤 했다.

학교를 졸업한 후 도모미는 작은 출판사에 취직해 도쿄에서 혼자 살았지만 노리코는 고향으로 돌아갔다. 도쿄에서 생활하는 것이 힘들다는 걸 알게 된 데다 역시 부모님 곁에 있고 싶다는 것이 그 이유였다. 노리코의 아버지가 다니는 회사에 일자리를 구했다는 이야기도 들었다.

도모미는 노리코를 마지막으로 만난 게 언제였는지 생각해보았다. 3년쯤 전에 무슨 볼일로 노리코가 도쿄에 왔을 때 몇몇 친구와 함께 만난 일이 생각났다. 그때 미혼인 사람은 도모미와 노리코뿐이었다. 이미 아이가 둘인 친구도 있었다. 그 때문인지 도모미는 노리코하고만 이야기를 했다. 다른 친구들의 이야기는 대개 남편과 자식 자랑이어서 별로 재미가 없었기 때문이다.

그 노리코마저도 결혼을 했다고 한다.

'맙소사, 드디어 올 것이 온 건가.'

한숨을 쉬면서 봉투 속을 들여다보았다. 사진이 한 장 들어 있었다. 편지에는 이러쿵저러쿵 썼지만 의외로 괜찮은 남자일지도 모른다는 생각에 은근히 조바심을 내며 사진을 꺼냈다. 사진에는 두 남녀가 찍혀 있었다. 남자 쪽은, 소위 말하는 잘생긴 남자는 아니지만 키도 크고 눈을 가늘게 뜨고 웃는 얼굴도 제법 붙임성이 있어 보였다.

'그런대로 괜찮네, 노리코.'

그런 생각을 하며 여자 쪽으로 시선을 옮긴 순간 "어머!" 하고 무심결에 소리를 내고 말았다.

"이게 어떻게 된 거야?"

거기에 찍혀 있는 사람은 노리코가 아니었다. 몸매나 긴 머리는 비슷하지만 얼굴은 전혀 다른 사람이었다.

'어떻게 된 거지?'

도모미는 사진을 자세히 들여다보았다. 얼굴이 작게 찍힌 사진도 아니었다. 남녀의 상반신이 나란히 찍혀 있고 배경으로 보이는 건 가나자와 성 같았다.

'아니야, 이건 절대 노리코가 아니야. 얘는 도대체 무슨 사진을 보낸 거야?'

편지와 사진을 앞에 놓고 생각에 잠겼지만 그럴듯한 설명은 떠오르지 않았다.

실수로 다른 사진을 넣은 걸까?

잠시 그런 생각도 해 봤지만 아무리 그래도 그런 실수를 할까 싶었다. 노리코는 학창 시절에도 진중한 타입이었다.

생각하면 생각할수록 마음에 걸려 도모미는 참지 못하고 전화기를 집어 들었다. 지금은 밤 10시, 아직 결례가 될 만한 시간은 아니었다.

편지 끝부분에 적혀 있는 번호를 누르고 전화가 연결되기를 기다리는데 '혹시 성형을 한 건가?' 하는 생각이 퍼뜩 머릿속에 떠올랐다. 만약 그렇다면 너무 꼬치꼬치 캐묻는 것도 결례가 될지 모른다는 생각이 들었다.

'아니야.'

도모미는 이내 생각을 바꾸었다.

노리코는 성형이 필요한 얼굴이 아니었다. 굳이 말하면 미인 축에 드는 얼굴이다. 게다가 노리코의 얼굴을 어떻게 해도 이 사진 속의 여자가 될 것 같지는 않았다.

신호음이 두세 번 울렸다. 도모미는 노리코의 명랑한 목소리가 귓가에 들릴 것을 예상하고 기다렸지만 아무리 기다려도 전화를 받지 않았다.

'집에 없나?'

자동응답기 정도는 사도 좋을 텐데 하고 생각하며 도모미는 전화기를 내려놓았다.

다음 날에도 도모미는 회사에서 퇴근해 돌아오자마자 노리코의 집에 전화를 걸었다. 그러나 어제와 마찬가지로 신호음만 계속해서 울릴 뿐이었다.

그 후 이틀 동안 도모미는 낮에 회사에서 짬짬이 노리코에게 전화를 걸어보았다. 밤에는 어딘가에 나가는지도 모른다는 생각이 들었기 때문이었다.

하지만 여전히 아무도 전화를 받지 않았다.

그쯤 되니 걱정이 되기 시작했다. 전화를 받지 않는 것쯤이야 어떻게든 해석할 수 있지만 사진 일은 아무리 생각해도 이해가 가지 않고 기묘했다.

노리코의 친정에 연락할 수 있으면 좋을 텐데 안타깝게도 주소도 전화번호도 알지 못했다.

'큰일이네. 어떡하지?'

도모미는 편지를 다시 읽어보았다. '만약 이쪽으로 올 일이 있으면 꼭 들러'라는 문장이 눈길을 끌었다.

'이렇게 된 이상 직접 가보는 수밖에 없겠네. 어중간한 계절이긴 하지만.'

벽에 걸린 달력을 보았다.

9월 22일, 내일은 금요일이다.

## 2

하네다에서 고마쓰 공항까지 약 한 시간, 고마쓰역에서 가나자와까지는 전철로 30여 분 걸렸다. 제법 편리해서 나홀로 여행을 즐기기에는 안성맞춤이라고 도모미는 스스로를 위로했다. 학창 시절에도 혼자 온 적이 있는데, 그때는 가는 곳마다 젊은 남자가 말을 걸어왔다.

"어디서 왔어요?"라느니 "혼자예요?"라며 별일 아닌 듯 태연스레 말을 거는 남자부터 "같이 한 바퀴 돌지 않을래요?"라느니 "차 태워줄게요"라며 노골적으로 호감을 드러내는 유형에 이르기까지 다양했다.

자신도 모르게 웃음을 터뜨린 건 "이쓰키 히로유키가 다니던 찻집을 알고 있는데 같이 가실래요?"라고 묻는 남자를 만났을 때였다. 와세다 대학교 학생도 아니고 이쓰키 히로유키를 좇아서 뭘 어쩔 건데? 그렇게 말하고 싶은 걸 참고서 "전 흥미 없어요"라고 거절했다. 댁한테도 흥미 없다, 그런 의미였다. 그때 그 남자의 딱한 표정은 지금도 어렴풋이 기억하고 있다.

가나자와역에 도착했을 때는 10시가 지나 있었다. 원래는 원고를 받으러 가 있을 시간이라는 생각이 들었다. 도모미는 어젯밤 늦게 사장 자택으로 전화해서 휴가를 신청했다. 대머리 사장은 회사가 아닌 곳에서 젊은 여자와 얘기를 나눌 수 있어 기분이 좋은지 묘하게 들뜬 목소리로 "그래, 그렇게 해"라고 선뜻 허락해 주었다. 사장은 간사이 출신이다.

호텔에 체크인하기에는 너무 이른 시간이라 일단 짐을 코인로커에 집어넣고 택시 승차장으로 향했다. 편지에 적힌 주소를 내보이며 그리로 가달라고 하자 "겐코인 옆이군요"라고 택시 기사가 대꾸했다. 어딘지 알 수 없었지만 "네, 그럴 겁니다"라고 도모미는 에둘러 대답했다.

깔끔하게 포장된 길이 이어졌다. 도로 양옆에는 고층 빌딩이 죽 늘어서 있고 보도를 걷는 사람들의 모습을 봐도 도쿄와 별 차이가 없었다. 하지만 이 간선도로에서 몇 발짝만 안으로 들어가면 신사나 옛 무사가 살던 저택 같은 명소가 나올 것이다. 이왕 왔으니 한번 죽 둘러보고 갈 생각이었지만 노리코의 일을 처리하는 것이 급선무였다.

사이카와를 지나 좁은 비탈길을 굽이굽이 몇 분간 달려가더니 택시가 속도를 줄였다.

"이 부근인데요."

"그럼 여기서 내릴게요."

차에서 내린 도모미는 주위를 둘러보았다. 오래된 목조 건물이 늘어서 있었다. 한 중년 여자가 집 앞에서 빨래를 널고 있었다. 도모미는 억지웃음을 지으며 그녀에게 다가갔다.

아주머니의 설명은 서툴렀지만 그래도 그 덕에 집을 찾을 수 있었다. 2층 건물이었고 층마다 네 가구씩 들어 있었다. 새로 지은 건물인 듯 하얀 벽이 눈부셨지만 전통적인 일본 가옥이 주위를 둘러싸고 있어 왠지 그곳만 붕 떠 보였다.

2층 맨 끝 집이 노리코의 집이었다. '야마시타 마사아키 노리코'라는 문패가 걸려 있었다. 도모미는 집 앞에 서서 초인종을 눌렀다. '딩동' 하는 소리가 문 너머에서 들려왔다. 두 번 벨을 울렸지만 대답은 없었다.

'역시 아무도 없나 보네.'

도모미는 신문함을 살펴보았다. 쌓여 있지 않은 걸 보면 신문 배달 지국에 집을 비운다고 알린 것일까? 아니, 신혼이니까 아직 구독 신청을 하지 않았는지도 모른다.

어떻게 할까 고민하고 있는데 누군가가 계단을 올라오는 기척이 났다. 짙은 감청색 양복을 깔끔히 차려입은 마른 남자가 모습을 드러냈다. 똑바로 가르마를 타서 머리를 빗어 넘긴, 옛날 은행원 같은 타입이었다.

남자는 멀뚱히 서 있는 도모미를 힐끔 보더니 노리코의 옆집 문에 열쇠를 꽂았다.

"저기요."

도모미가 말을 걸자 문을 열려던 남자는 손잡이를 잡은 채 그녀를 쳐다보았다.

"무슨 일이시죠?"

"여기 사시는 분인가요?"

"그렇습니다만."

남자의 눈에 경계하는 빛이 서렸지만 도모미는 주저하지 않고 물었다.

"이 집 부부가 어디 갔는지 아시나 해서요."

"글쎄요, 모르겠는데요."

남자가 퉁명스럽게 대답했다. 그래도 도모미는 개의치 않고 또 물었다.

"혹시 이 집 부부와 만난 적이 있으세요?"

남자가 오른쪽 빰을 씰룩 움직였다.

"새로 이사 왔다면서 인사하러 오셨더군요."

"이분들이죠?"

도모미는 예의 사진을 가방에서 꺼내 남자에게 보였다. 남자는 사진을 손에 들고 언뜻 보더니 "네, 맞아요"라고 대답했다.

도모미는 순간 머리가 어찔했다.

"잘 봐주세요. 정말로 이 여자분이 맞나요?"

"이보세요, 무슨 말이 하고 싶은 겁니까?"

아니나 다를까, 남자의 표정이 험악해졌다.

"그게 아니라…… 아뇨, 죄송합니다."

남자는 집으로 들어가더니 난폭하게 문을 닫았다.

'어떻게 된 거지? 노리코, 너 대체 무슨 짓을 한 거니?'

어안이 벙벙한 채 도모미는 계단을 내려갔다. 그때 '입주자 모집 중, 가와하라 부동산중개소 TEL ×××-××××'이라고 적힌 간판이 눈에 들어왔다.

## 3

그 부동산중개소는 사이카와를 바라보는 거리에 있었다. 유리문에 매물을 소개하는 종이가 덕지덕지 붙어 있는 것은 도쿄나 여기나 마찬가지였다.

친구를 찾아왔는데 집에 없는 것 같고 다른 연락처도 모르니 도와달라고 부탁하자 안경을 쓴 중년의 주인은 딱하게 여긴 듯 선뜻 알아봐 주었다. 쉽게 남에게 가르쳐줘서는 안 될 테지만 한가한지 뜻밖에도 친절했다.

부동산중개소 주인은 야마시타 마사아키의 근무처와 보증인이 되어준 노리코의 부모님 주소를 알려주었다. 그러면서 마사아키에게는 부모님이 계시지 않는 것 같다고 덧붙였다. 그 얘기를 들은 도모미는 시부모님이 안 계시다니 최고라고 생각했다.

혹시나 하는 마음에 도모미는 부동산중개소 주인에게 야

마시타 부부의 얼굴을 아느냐고 물어보았다.

"물론 남편분은 알지요. 하지만 부인은 만난 적이 없네요. 그런데 그건 왜요?"

"아뇨, 아무것도 아니에요."

그러면서 도모미는 연락처를 수첩에 적었다.

"아가씨, 지금부터 친구 남편분에게 연락을 할 건가요?"

메모를 마친 도모미에게 주인이 물었다.

"그럴 생각인데요."

"그럼 열쇠를 언제 바꿀 건지 내가 묻더라고 좀 전해주지 않을래요?"

"열쇠 말씀입니까? 알겠습니다."

신세를 진 처지라 힘차게 대답하고 도모미는 그곳에서 나왔다.

공중전화를 찾아서 바로 마사아키의 회사에 전화했다. 다행히 본인이 직접 받았다. 도모미가 자신을 밝히자 곧바로 알아차린 듯했다. 그러니까 노리코는 역시 도모미의 친구인 그 노리코가 틀림없다는 뜻이다.

도모미가 가나자와에 와 있다고 하자 "그러세요?"라고 맥 빠지는 반응을 보였다.

"그래서 노리코를 만나려고 했는데 집에 없는 것 같아서 부동산중개소 주인을 통해 이 전화번호를 알게 되었어요."

"그랬습니까? 저기, 실은 노리코가 오늘 여행을 떠났거든요. 친구와 2박 3일 일정으로 다녀온다고 했는데. 안타깝네요. 오실 줄 알았으면 어떻게든 손을 썼을 텐데."

"실은 여러 번 집으로 전화를 걸었어요. 어제도요. 그런데 아무도 받지 않아서."

"아, 그러셨군요. 친정에도 가고 외출도 잦은 편이라 타이밍이 맞지 않았나 보네요."

거짓말을 하고 있다는 것이 느껴졌다. 연기가 서툴렀다.

"노리코한테 연락을 하고 싶은데요."

"그게, 오늘 밤에 어디 묵는지 저도 들은 얘기가 없어서요."

"그럼 같이 간 친구의 이름과 주소라도 가르쳐주세요."

"그것도 잘 몰라요. 저, 제가 업무 중이어서 이만 끊어도 될까요? 노리코가 돌아오면 연락하라고 전하겠습니다."

그대로 끊고 싶지 않았지만 그 이상 무슨 말을 물어도 거짓말만 할 것 같은 느낌이 들었다.

"그럼 노리코에게 안부 전해주세요."

그렇게만 말하고 전화를 끊었다.

"정말로 어떻게 된 거지?"

도모미는 공중전화 부스 안에서 투덜거리며 이번에는 노리코의 친정에 전화를 걸었다. 어머니가 전화를 받았다. 어머니도 도모미를 알고 있었다. 도모미는 먼저 형식적으로 결혼

축하 인사를 전했다.

"고마워요. 결혼식도 올리지 않고, 정말이지 면목이 없네요."

"아니에요. 무슨 그런 말씀을. 그보다 노리코, 거기 있나요? 가나자와에 왔는데 집에 가보니 없는 것 같아서요."

그러자 어머니는 당황한 듯 잠시 침묵을 지켰다. 왠지 불길한 예감이 들었다.

"저, 아마 그 아이가 여행을 가지 않았나 싶네요. 그런 얘기를 했거든요."

"여행이요? 어디로요?"

"글쎄요, 그것까진 듣지 못했어요. 정말 미안해요. 일부러 찾아오셨는데."

"아뇨. 업무차 왔다가 잠시 들렀을 뿐이에요."

도모미는 공중전화 부스에서 나와 팔짱을 끼고 사이카와를 내려다보았다.

'노리코, 너 어디로 간 거니? 어디에 가든 네 마음이지만, 신경 쓰이는 수수께끼 같은 건 보내지 마라.'

수수께끼란 물론 예의 사진이었다.

멍하니 서 있어봐야 뾰족한 수도 없어 걸으면서 생각하기로 했다. 이 부근은 데라마치(寺町, 절 동네라는 일본어)라는 동네인데 그 이름대로 절이 많았다. 도모미는 절에는 별 흥미가 없어 특산물 가게에 들어갔다. 수많은 구타니 도자기 다기와

꽃병이 진열되어 있었다. 도모미는 얼른 가격을 확인하고 의외로 싸지 않다고 판단했다. 가게에서는 그 밖에도 닌자 인형이라든지 닌자 귀이개, 닌자 등긁이 같은 것을 팔고 있었다. 어째서 닌자와 연관된 것이 이렇게 많은 걸까 싶어 가게 아주머니에게 물으니 가까운 곳에 속칭 '닌자사'라고 불리는 절이 있기 때문이라고 했다.

"안에 둔갑술 체험실이라든지 미로 같은 게 있어서 재미있어요. 꼭 한번 가보세요."

아주머니는 열심히 권했지만 도모미는 그럴 경황이 없었다. 더구나 혼자서 간다는 것도 조금 멋쩍었다.

근처 카페에서 가볍게 식사를 한 다음 역으로 돌아가 짐을 꺼내 호텔로 갔다. 싱글침대에 쓰러진 것이 오후 4시. 아침부터 계속 돌아다닌 탓에 다리가 묵직했다.

'내일은 겐로쿠엔과 이시가와 뭐라고 하는 문학관과 옛 무사들의 저택 부근을 돌고 특산품이라도 하나 사야겠다. 이왕 여기까지 왔으니까.'

뭘 위해서 이런 곳까지 온 걸까 하는 생각이 들었다. 노리코가 마음에 걸려 왔는데 정작 당사자는 만나지도 못했다. 무슨 일이 있나 싶어 걱정했는데, 그런 게 아니라 여행 중일 뿐이라고 가족들은 말한다.

'정말로 여행을 간 걸까? 누구도 거짓말을 한 건 아니고,

그 사진도 무슨 착오가 생겨서…….'

아니, 그럴 리 없다고 생각했다. 여행을 가면서 행선지를 아무에게도 알리지 않다니 분명 이상하다. 게다가 뭘 어떻게 잘못하면 엉뚱한 사람 사진을 친구에게 보낸단 말인가. 더군다나 옆집에 사는 남자는 분명 그 사진 속의 남녀가 부부라고 하지 않았던가.

"당최 알 수가 없네."

도모미는 머리를 마구 헝클어뜨렸다.

밤이 되자 도모미는 집에 전화를 했다. 자동응답기에 메시지가 녹음되어 있나 확인하기 위해서다. 여행 중에는 매일 이렇게 한다.

업무 관계 메시지와 신용카드를 만들지 않겠느냐는 안내 전화가 들어와 있었다.

"카드를 더 만들어서 뭐하라고?"

중얼거리면서 도모미는 다음 메시지를 기다렸다. 들려온 메시지는 다음과 같았다.

"잘 있었니? 나 노리코야. 지금 도쿄에 와 있는데, 집에 없는 모양이네. 만나지 못해서 아쉽다. 그럼 다음에 만나자. 잘 지내."

## 4

여기저기 전화를 해 보다가 요코에게서 수확을 얻었다. 요코는 낮에 노리코를 만났다고 했다. 요코 역시 전문대 시절 친구다. 지금은 결혼해서 전업주부 자리를 꿰차고 있다.

"오늘 전화가 걸려왔어. 그래서 시부야에서 만났지. 딱히 용건이 있는 것 같지는 않던데. 도쿄에 볼일이 있어서 왔는데 여유 시간이 있다면서 만나자고 했거든."

"무슨 얘기를 했는데?"

"시시껄렁한 얘기. 그래도 즐거웠어."

"노리코가 무슨 얘기 하지 않았니? 남편 얘기라든지."

"남편? 내 남편?"

"노리코 남편 말이야."

"뭐?"

요코는 새처럼 새된 목소리를 냈다.

"그 애, 독신 아니야?"

이번에는 도모미가 "뭐?"라고 소리치며 놀랐다.

"너, 그것도 모르고 내내 얘기한 거야?"

"노리코가 말을 안 해주는데 내가 어떻게 알아? 게다가 노리코랑 네 앞에서는 결혼 얘기 안 하는 걸로 되어 있단 말이야."

순간 발끈했지만 도모미는 가까스로 참아냈다.

"그런데 노리코가 너랑 헤어지고 나서 어디 간다는 말은 하지 않았니?"

"글쎄, 어디에 갈 거라는 말은 하지도 않던데. 오늘 밤 어디서 묵을지 아직 모르겠다고 했고."

"어디서 묵을지?"

도모미는 그 말을 듣고 흠칫했다.

노리코가 자신의 집에 전화한 건 오늘 밤 재워달라는 부탁을 하기 위해서가 아닐까?

"요코, 부탁이 있어."

"뭔데?"

한 발짝 물러나는 듯한 말투로 요코가 물었다.

"노리코를 좀 찾아줘. 그 애, 아마 아직 도쿄에 있을 거야. 틀림없이 누군가의 집에서 신세를 지고 있겠지. 그러니까 닥치는 대로 수소문 좀 해 줘."

"왜 그래야 하는데?"

"그냥 좀 그렇게 해 줘. 지금 당장 노리코랑 연락을 해야 한단 말이야. 부탁이니까 도와줘. 자초지종은 나중에 얘기할게."

"그럼 네가 하면 되잖아."

"그럴 수 없으니까 부탁하는 거잖아. 나 지금 가나자와에 와 있어. 그래서 여기저기 알아보기가 좀 힘들어. 요코, 부탁할게."

"흐음, 가나자와에 있구나."

요코도 예삿일은 아닌 것 같다고 느낀 모양이다. 잠시 침묵을 지키더니 말을 이었다.

"정말 나중에 얘기해 줄 거지?"

"물론이지."

도모미가 대답하자 그녀는 '휴' 하고 한숨을 쉬었다.

"할 수 없지 뭐. 그럼 거기 전화번호를 알려줘. 노리코랑 연락이 되면 전화하라고 할 테니까."

"미안해."

호텔 전화번호를 알려주고 나서 요코에게 물었다.

"그런데 노리코의 얼굴은 어땠니?"

"얼굴? 글쎄, 조금 여위었던가? 그건 왜?"

"아니, 아무것도 아니야. 그럼 부탁할게."

도모미는 수화기를 내려놓고 크게 한숨을 내쉬었다.

어쩌면 별일 아니고 단순히 기분 전환을 하러 도쿄에 갔을 뿐인지도 모른다. 그렇다면 마사아키도, 노리코의 어머니도 거짓말을 한 건 아니다. 그러면 그걸로 된 거라고 도모미는 생각했다. 아무 문제 없다면 더할 나위 없다.

하지만 도모미는 역시 이것저것 마음에 걸렸다. 그 사진도 그렇고, 노리코가 요코에게 결혼한 사실을 얘기하지 않았다는 것도 이상했다. 보통 때 같으면 만나자마자 그 얘기부터 화제에 올렸을 것이다. 일부러 얘기하지 않은 거라고 생각할 수밖에 없다. 왜 그런 걸까?

'아무튼 지금은 노리코가 전화하길 기다리는 수밖에 없겠네.'

호텔의 전화기를 향해 도모미는 두 손을 모았다.

하지만 그날 밤 전화벨은 울리지 않았다. 전화벨이 울린 것은 다음 날 아침이었다. 도모미는 밤이 깊어서야 잠든 탓에 아직 침대에 누워 있었다.

"여보세요."

"도모미? 나야, 노리코."

"노리코!"

도모미는 침대에서 벌떡 일어났다.

"얼마나 찾았는데."

"그랬다며? 서로 길이 엇갈리고 말았네."

"노리코, 나 너한테 묻고 싶은 게 있어. 어쩌면 별일 아닐지도 모르지만 아무래도 마음에 걸려서 가만히 있을 수가 없네. 네 결혼 보고에 관한 건데 말이야."

"결혼?"

갑자기 노리코의 목소리가 가라앉은 것처럼 느껴졌다.

"도모미, 어떻게 내가 결혼한 걸 알고 있는 거니?"

"뭐? 네가 편지를 보냈잖아."

"편지?"

잠시 틈을 두고 나서 그녀가 말했다.

"난 보낸 적 없어."

"뭐라고?"

두 사람은 잠시 침묵했다.

수화기를 쥔 손에 땀이 배어났다.

## 5

11시에서 5분이 지나자 노리코가 나타났다. 도모미는 자리에서 일어나 손을 흔들었다. 노리코도 금세 알아본 듯했다.

호텔 1층 커피숍이었다. 거기서 11시에 만나기로 했다. 노리코는 아까 하네다 공항에서 전화한 것이었다. 원래 오늘 돌아올 예정이었다고 했다.

"오랜만이네. 잘 지냈어?"

"그럭저럭. 지금도 여전히 작은 출판사에 다니며 별 볼일 없이 지내지 뭐."

한동안 인사 대신 잡담을 주고받다가 노리코가 먼저 상체를 숙이며 말을 꺼냈다.

"그런데 아까 하던 얘기 말이야."

"그래, 그 일."

도모미는 예의 편지와 사진을 테이블 위에 꺼내놓았다. 노리코는 그 물건을 앞에 두고 눈이 휘둥그레졌다.

"어떻게 이걸 네가 갖고 있는데?"

"우편으로 왔다니까."

도모미는 이 편지 때문에 자기가 얼마나 고민했으며, 노리코가 걱정돼서 얼마나 동분서주했는지에 대해 늘어놓았다.

"내가 보낸 게 아니야."

노리코는 고개를 가로저었다.

"편지를 쓴 건 나지만."

"뭐라고? 그게 무슨 소리야?"

"너한테 보내려고 썼어. 하지만 보내려다 말았어."

"그럼 누가 보낸 건데?"

"아마 그 사람일 거야."

노리코는 고개를 비스듬히 기울이더니 어깨를 으쓱해 보였다. 시무룩한 표정이었다.

"잠깐만 있어봐. 만약 그렇다면 네 남편이라는 사람, 정말 말도 안 되게 경솔한 사람이다. 이렇게 전혀 상관도 없는 사진을 넣어 보내다니 말이야."

"그건 나도 모르겠어. 그 사람이 무슨 생각을 하는지 아무것도 모르겠어."

그러면서 그녀는 입술을 깨물었다. 커다란 눈에 눈물이 그렁그렁 맺히더니 순식간에 빨갛게 충혈되었다.

"노리코, 무슨 일 있었니?"

도모미가 묻자 노리코는 사진을 집어 들었다.

"여기에 찍혀 있는 남자는 그 사람이야. 그리고 여자 쪽은 그 사람의 전 애인. 아니, 현재 애인이야."

"무슨 소리야?"

"이 여자가 얼마 전에 집에 찾아왔어. 이 사진을 들고."

노리코의 이야기는 지난주 금요일로 거슬러 올라갔다. 저녁 무렵 갑자기 내리기 시작한 빗소리를 들으며 노리코는 편지를 쓰고 있었다. 도모미에게 보낼 편지였다. 봉투에 수신인의 주소와 이름을 적어 넣은 순간 그 여자가 찾아왔다.

호리우치 아키요라고 자신을 밝히고는 학창 시절 마사아키에게 신세를 진 사람인데 근처에 볼일이 있어 온 김에 들렀다고 했다. 노리코는 조금 의아해하면서도 그녀를 집 안으로 들였다. 아키요는 처음에는 그저 형식적인 인사말을 늘어놓더니 불현듯 노리코 앞에 사진을 내밀었다고 한다.

"마사아키 씨는 사실 자기랑 결혼하기로 되어 있었대. 그런데 나랑 결혼하지 않으면 회사에서 입장이 난처해질 거라는 생각에 할 수 없이 자기랑 헤어졌다는 거야. 그러면서 그이한테 받은 거라며 금반지를 보여주더라."

노리코가 눈꼬리를 치켜 올리며 말했다.

"왜 너랑 결혼하지 않으면 회사에서 입장이 난처해지는데?"

"아마 우리 아버지가 경리부장이라는 걸 두고 한 얘기 같은데 그게 말이나 되는 소리니? 우리 아버지가 사장이라면 또 모를까. 게다가 결혼하자고 한 건 그 사람이라고. 정말 기가 막혀 죽겠어."

"그 얘기는 해 준거지?"

"했어. 했는데도 믿질 않는 거야."

아키요는 그럴 리 없다고 했다. 마사아키 씨는 지금도 자기를 사랑하고 있고 당신과 헤어지고 싶어 한다고. 그 말에 화가 난 노리코가 아키요를 쫓아내려 했는데 마침 그때 전화벨이 울렸다. 마사아키였다. 비가 오니 역까지 나와달라는 이야기였다. 호쿠리쿠 철도의 노마치 역으로 아파트에서 1.5킬로미터쯤 된다.

"그래서 그 여자를 기다리게 하고 그이를 마중 나갔어. 본인에게 직접 얘기를 들어보겠다는 심산이었지. 만나서 집에 여자가 와 있다고 하니까 갑자기 낯빛이 창백해지더라."

도모미는 한심한 남자라고 말하고 싶은 걸 참고 완곡하게 표현했다.

"정직해서 거짓말을 하지 못하는 타입이구나. 그래서 어떻게 됐는데?"

"그게 말이야, 집에 돌아가보니 그 여자가 없는 거야."

"어머, 왜?"

"그야 간 거겠지."

"흐음, 그래?"

도모미는 온몸의 맥이 빠지는 기분이었다.

"하지만 그냥 넘어갈 수 없어서 그 사람을 추궁했지. 그 여자와 어떤 관계냐고. 처음에는 어물거리며 적당히 넘어가려 하더니 결국 털어놓더라고. 결혼을 전제로 사귄 적이 있다고 말이야."

"하지만 결국 헤어진 거잖아."

"그 사람은 그렇다고 했어. 하지만 얘기를 자세히 들어보니까 석연치가 않은 거야. 지금도 가끔씩 만나는 것 같더라고."

"어쩜, 그건 비겁하다."

"그렇지? 네 생각도 그렇지?"

노리코는 허리를 꼿꼿이 펴고 두 주먹을 불끈 쥐더니 부들부들 떨었다.

"그래서 도저히 참을 수가 없어서 집을 뛰쳐나온 거야. 금요일 밤부터 친정에 가 있었어."

"그랬구나. 그래서 전화해도 받지 않은 거구나. 아, 그래도 네 남편은 집에 있었을 거 아니야."

"그 사람은 매일 야근이라 굉장히 늦게 들어와. 밤 12시가 지나야 들어오거든."

"아, 그래서……."

그러고 보니 노리코가 쓴 편지에도 일을 열심히 한다는 이야기가 있었다.

"하지만 일이 이렇게 되고 보니 정말로 야근을 한 건지 그것도 의심스러워. 어쩌면 그 여자와 만났을지도 모르지."

그럴지도 모른다는 생각이 들었지만 그 말은 입 밖에 내지 않고 화제를 돌렸다.

"도쿄에는 언제 간 건데?"

"목요일에. 기분 전환하러 간 것도 있지만 그보다는 일자리를 찾는 게 목적이었어. 여기 회사는 이미 그만둔 상태고, 그 사람과 헤어지면 더 이상 여기 있고 싶지 않으니까. 그렇다면 도쿄에서 살아볼까 싶어서."

"그거 좋은 생각이다. 우리 둘이서 다시 예전처럼 즐겁게 지내자. 그래서 일자리는 찾았어?"

"그게, 조건이 맞는 데가 거의 없더라고. 현실은 만만치 않잖아. 그래서 너한테도 도움을 청할 생각이었어."

"그럼, 당연히 나도 도와야지. 하지만 그전에 이 일부터 분명히 짚고 넘어가자."

도모미는 편지와 사진을 손가락으로 쿡쿡 찔렀다.

"네 남편이 보낸 거라면, 왜 그런 짓을 했는지 물어봐야지."

"그래야겠지."

노리코는 뺨에 손을 대고 망설이는 듯싶더니 그 손을 테이블에 탁 내려놓았다.

"도모미, 나랑 같이 우리 집에 가줄래? 이참에 이것저것 매듭을 지어야겠어."

"물론 같이 가고말고."

친구를 생각하는 마음 반, 속물적인 호기심 반으로 도모미는 힘차게 고개를 끄덕였다.

**6**

"이상한 일이 또 하나 있어. 옆집 사람 말이야."

노리코의 집을 향해 걸어가다 문득 어제 일이 떠올라 도모미가 말을 꺼냈다. 옆집 남자는 그 사진을 보고 야마시타 부부가 틀림없다고 대답했다.

그 얘기를 듣더니 노리코도 고개를 갸웃했다.

"이상하네. 난 옆집 사람하고 아직 만난 적이 없는데. 이사하고 나서 인사하러 갈 때도 그이 혼자였거든."

"그래?"

그렇다면 옆집 남자는 그저 건성으로 대답한 것일까?

집이 가까워지자 노리코의 얼굴이 서서히 굳었다. 발걸음도 느려졌다. 출발하기 전에 전화해서 지금 들어갈 거라고 마사아키에게 말은 해 두었다.

"자, 가자."

도모미가 재촉하자 "응" 하고 작은 목소리로 대답하더니 노리코는 건물 계단을 오르기 시작했다.

노리코는 열쇠를 쓰지 않고 초인종을 눌렀다.

마사아키가 문을 열고는 "왜 그래? 그냥 들어오면 되잖아"라고 약간 어색하게 웃는 얼굴로 말했다. 노리코는 무표정한 얼굴로 아무 말 없이 집 안으로 들어갔다. 도모미는 "안녕하세요?"라고 인사하고 그 뒤를 따랐다.

들어가자마자 주방이 보이고 안쪽으로 다다미 여섯 장 크기의 방이 두 개 있는 스탠더드 2DK였다. 집 안은 깨끗이 정리되어 있었는데 벽이란 벽에 모두 나비 표본이 붙어 있는 것이 조금 섬뜩했다. 노리코와 도모미는 탁자가 놓여 있는 방 안에 나란히 앉았다. 그리고 마사아키가 마주 보고 앉았다.

"뭐 마실 거라도……."

도모미가 신경 쓰이는지 마사아키가 노리코를 보면서 말했다. 하지만 노리코는 고개를 숙인 채 대꾸도 하지 않았다. 하는 수 없이 도모미가 나서서 "신경 쓰지 마세요"라고 말했다. 마사아키는 겸연쩍은 듯 "아, 네"라고 말하며 억지웃음을 지었다. 조문이라도 온 것처럼 분위기가 어두웠다.

어쨌든 이야기의 실마리를 찾아야겠다는 생각에 도모미는 예의 편지를 꺼냈다.

"이 편지가 저한테 왔는데, 마사아키 씨가 보내신 건가요?"

편지를 힐끔 본 남자는 살짝 고개를 저었다.

"아뇨. 저는 보내지 않았습니다."

"당신이 보내지 않았으면 누가 보냈단 말이에요?"

마침내 노리코가 입을 열었다. 그러자 마사아키의 안색이 달라졌다.

"왜 내가 이런 걸 보내겠어? 게다가 이 편지가 어쨌다는 건데?"

"안에 이런 사진이 들어 있었어요."

도모미는 사진을 꺼내 마사아키 앞에 놓았다. 그러고서 놀란 표정을 짓는 그에게 지금까지 있었던 일을 설명했다. 이야기를 들은 남자는 또다시 고개를 저었다.

"전혀 짚이는 것도 없습니다. 왜 이런 일이 벌어졌는지."

"알겠다. 그 여자 짓이야. 약이라도 올리겠다는 심보로 그 여자가 한 짓이 틀림없어."

노리코가 신경질적으로 외치자 마사아키는 고개를 저었다.

"그녀는 그런 짓을 할 사람이 아니야."

그러나 그 말은 노리코의 화를 더욱 돋우는 결과를 낳았다.

"도모미, 들었지? 역시 아직도 그 여자를 좋아하는 거야."

"무슨 소리야? 그럴 리 없잖아!"

"하지만 지금도 가끔씩 만나시잖아요."

울음을 터뜨린 노리코를 대신해서 도모미가 말했다. 그러자 마사아키는 괴롭다는 듯 눈살을 찌푸렸다.

"그녀는 저와의 관계뿐 아니라 직장이라든지 가족 일로 고민에 빠져서 노이로제 상태입니다. 얼마 전에는 자살을 기도하기도 했어요. 다행히 목숨에는 지장이 없었지만요. 그래서 그녀가 전화해 만나주지 않으면 죽어버리겠다고 하면 냉정하게 내칠 수 없었어요. 하지만 정말로 만나기만 했을 뿐입니다. 만나서 차를 마시며 얘기를 들어주면 어느 정도 진정이 되는 듯했고요."

"거짓말이야. 거짓말이 틀림없어."

"정말이야. 하지만 믿어주지 않아도 상관없어."

마사아키는 그렇게 내뱉더니 팔짱을 끼고 얼굴을 돌렸다. 노리코는 계속 울고 있었다.

도모미는 이 일을 어쩌나 싶었다. 노리코가 이혼하는 것이야 상관없지만 이런 상태라면 후유증이 상당할 것 같았다.

"저기요, 그래도 그 여자분에게 이 편지를 보냈는지 물어보는 게 어떨까요? 노리코도 아니고 마사아키 씨도 아니라면 그분밖에 없지 않을까 싶은데요."

마사아키는 시무룩한 얼굴로 생각에 잠기더니 도모미의 의견에 일리가 있다고 여겼는지 고개를 끄덕이며 자리에서 일어났다.

"그럽시다. 이대로는 저도 개운치 않으니까요."

마사아키가 전화하러 주방으로 간 사이 도모미는 손수건을 꺼내 노리코의 눈물을 닦아주었다. 노리코는 흐느껴 울면서 말했다.

"정말 너무하지 않니?"

도모미는 아직은 뭐라 말할 수 없어 "응" 하고 모호하게 대답하고 나서 "아무튼 정말로 도쿄에 올 생각이면 좋은 일자리를 알아봐줄게"라는 말로 격려했다.

"부탁해. 월급 20만 엔 이상에 주 5일 근무하는 곳으로."

노리코가 울면서 말했다.

마사아키의 전화 통화가 예상한 것보다 길어졌다. 귀를 기울여 듣던 도모미는 그 대화가 조금 기묘하다는 것을 깨달았다.

"네. 그렇습니다. 금요일 저녁때 왔다고 합니다. 아뇨. 저는 만나지 못했습니다만, 아내가……. 네, 그렇습니다. 지금요? 네, 그야 상관없습니다만. 주소는……."

통화를 마치고는 도모미가 묻기도 전에 말했다.

"그녀가 행방불명이랍니다. 지난주 금요일부터요."

## 7

집으로 찾아온 형사는 마흔이 넘은 남자로, 얼굴이 동그랗고 땅딸막한 체형에 바지 벨트 위로 뱃살이 불룩 삐져나와 있었다.

마사아키가 호리우치 아키요의 집에 전화했을 때 마침 그 하시모토 형사가 와 있다가 전화를 받은 것이다. 형사는 딸이 행방불명되었다는 부모의 신고를 받고 아키요의 방을 조사하던 중이었다. 아키요는 혼자 살았기 때문에 언제부터 집에 들어오지 않았는지 알 수 없지만 지난주 금요일에 직장에 나타난 후로 아무도 그녀의 모습을 보지 못했다고 한다.

"그러니까 현시점에서는 부인이 호리우치 아키요 씨를 마지막으로 만난 사람이군요."

노리코의 이야기를 듣고 형사는 뭔가가 있는 듯 의미심장한 말투로 그렇게 말했다. 옆에서 같이 듣고 있던 도모미는 '그게 어쨌는데요?'라고 되묻고 싶은 걸 애써 참았다.

형사는 이런저런 것을 꼬치꼬치 캐물었다. 프라이버시에 관계되는 질문이 대부분이었지만 노리코나 마사아키나 조금도 불쾌한 내색을 하지 않은 채 대답했다.

질문의 화살은 도모미에게도 날아왔다. 물론 그 편지에 관한 것이었다.

"그 편지와 사진을 보여주실 수 있습니까?"

도모미가 그것을 내밀자 형사는 받아 들기 전에 장갑을 꼈다.

"제가 가져가도 될까요? 물론 돌려드릴 겁니다."

돌려주는 것이야 당연하다고 속으로 쏘아붙이면서 "그러세요"라고 도모미는 무뚝뚝하게 대답했다.

그러고 나서 형사는 세 사람의 지문을 채취하고 싶다고 했다. 수사하는 데 참고로 할 뿐 필요 없어지면 폐기하든지 반환하겠다고 했다.

거절할 수도 없어 그러라고 하자 형사는 바로 경찰서에 연락했다. 잠시 후 감식 담당자가 와서 세 사람의 지문을 채취했다.

"그 형사, 나를 의심하고 있어."

형사 일행이 돌아가자 노리코가 말했다.

"내가 그 여자를 어떻게 했다고 생각하는 거야. 그래서 그렇게 집요하게 물은 거라고."

"그렇지 않아. 꼬치꼬치 묻는 게 그 사람들 일이잖아."

"하지만 지문까지 채취했잖아."

"단순한 수사 과정일 뿐이야. 그들이 생각하는 건 아마……"

마사아키는 거기서 일단 말을 끊더니 "자살 쪽일 거야"라고 덧붙였다.

아닌 게 아니라, 그럴 가능성이 가장 높을 것이라고 도모미도 생각했다. 노리코도 동감일 터였고, 그 증거로 세 사람 다 입을 다물었다.

"난 일단 갈게."

그렇게 말하며 도모미는 자리에서 일어났다. 그러자 노리코도 따라 일어났다.

"잠깐만, 나도 갈 거야."

"하지만 넌……."

"됐어."

노리코가 도모미의 팔을 잡아끌고 현관으로 갔다. 도모미는 마사아키를 돌아보았다. 그는 미간을 찌푸린 채 탁자 표면을 보고 있는 것 같았는데 그들이 신발을 신자 "도모미 씨" 하고 불렀다.

"연락처만이라도 알려주세요. 경찰이 물어보면 난처해질 수도 있으니까요."

도모미는 노리코를 곁눈질하면서 대답했다.

"알겠습니다."

도모미와 노리코는 그날 밤 비즈니스호텔의 트윈룸을 잡아놓고 오미초 시장 근처에 있는 선술집으로 갔다. 시장에서 생선을 사서 가져가면 그 자리에서 바로 요리해 주는 식당이었다.

"도모미, 나한테는 어떤 일이 맞을까? 가능하다면 사무직 같은 것 말고 활동적인 일이 좋겠는데."

가리비 석쇠구이를 먹으면서 노리코가 말했다. 그다지 술에 강하지 않은 그녀는 맥주 두 병으로 눈이 약간 풀려 있었다.

"으음, 글쎄."

정종 잔을 손에 들고 도모미는 잠시 고민하는 듯하다가 말을 이었다.

"그런데 말이야, 마사아키 씨가 하는 말이 거짓말은 아닌 것 같지 않니?"

순간 노리코는 입을 앙다물었다.

"왜?"

"그 아키요라는 사람, 정말로 노이로제인 것 같잖아. 옛 애인이 그렇게 나오면 역시 신경이 쓰여서 만나게 되지 않을까 싶거든."

"어머, 상대가 노이로제 상태면 데이트를 해도 된다는 말이니?"

노리코의 눈빛이 날카로워졌다.

"내 말은 그게 아니라……."

"난 말이야, 그 사람이 숨긴 게 분해 죽겠어. 여자 얘기도 그렇고, 몰래 만난 것도 그렇고, 죄다 숨긴 거잖아. 그게, 그게 정말 싫단 말이야."

노리코는 급기야 식탁에 엎드려 울음을 터뜨렸다.

도모미는 속으로 야단났다고 생각했다. 그녀가 울보라는 사실을 깜빡한 것이다. 요리사와 다른 손님들도 그녀를 보며 킥킥거리고 있었다. 도모미는 한숨을 쉬며 지나치게 바싹 구운 새우를 한 입 베어 물었다.

비틀거리는 노리코를 데리고 호텔로 돌아가니 하시모토 형사의 메시지가 기다리고 있었다. 10시 넘어서 다시 전화하겠다는 내용이었다. 시계를 보니 9시가 조금 지나 있었다. 노리코를 침대에 눕히고 도모미는 샤워를 했다.

욕실에서 막 나오는데 전화벨이 울렸다. 하시모토 형사였다.

"가나자와의 밤을 즐기고 계신가요?"

"네. 그럭저럭요."

"그거 잘됐군요. 그런데 여쭙고 싶은 게 있어서요. 혹시 그 사진을 보여준 사람들을 모두 기억하시나요?"

"네, 기억해요."

도모미는 한 사람 한 사람 열거했다.

"그렇군요. 잘 알겠습니다. 이거, 쉬시는 데 정말 실례가 많았습니다."

형사는 일방적으로 지껄이더니 전화를 끊었다. 별일이다 싶어 도모미는 입을 삐쭉거리며 수화기를 내려놓았다. 노리코는 옆에서 새근새근 숨소리를 내고 있었다.

다음 날 아침 다시 전화벨이 울렸다.

도모미는 잠결에 “아이, 참” 하고는 담요를 뒤집어썼다. 노리코가 전화를 받은 모양이다.

두세 마디 하고 전화를 끊더니 노리코는 도모미가 덮고 있는 담요를 확 걷어 젖혔다.

“왜 그래?”

“도모미, 얼른 일어나. 범인이 잡혔대.”

## 8

뭐가 뭔지 영문도 모른 채 체크아웃을 하고 도모미는 노리코와 함께 택시를 탔다.

하시모토 형사가 전화했다고 했다. 하지만 범인이 잡혔다고 해도 무슨 사건의 어떤 범인이 잡혔다는 건지 전혀 알 수 없었다. 아무튼 집으로 와달라는 얘기였다.

집 근처로 가자 큰일이 벌어졌다는 걸 알 수 있었다. 순찰차가 몇 대나 서 있었다. 구경꾼을 헤집으며 두 사람이 앞으로 나아가자 “이거, 신세를 끼치네요”라며 얼굴이 동그란 하시모토 형사가 다가왔다.

“형사님, 이건 대체…….”

도모미가 입을 열자 형사는 제지하듯 손을 앞으로 내밀었다.

“지금부터 설명해 드리죠. 실은 사쿠라이가 자백을 했습니다. 여자를 죽였다고요.”

“사쿠라이라니, 그게 누군데요?”

“옆집에 사는 남자입니다.”

“네? 그 사람이요? 그런데 살해된 여자는?”

“호리우치 아키요 씨입니다.”

“네?”

도모미는 할 말을 잃었다. 옆에 서 있던 노리코도 이미 몸이 경직되어 있었다.

“아무튼 올라가서 자세한 얘기를…….”

형사가 엄지손가락을 곧추세우며 말했다.

집에 들어가니 마사아키는 식탁에 앉아 있고, 양쪽 방에서 감청색 옷을 입은 남자들이 바쁘게 움직이고 있었다.

“어떻게 된 거예요?”

노리코가 마사아키에게 물었다.

“우리 집이 살인 현장인 모양이야.”

“뭐요?”

“자, 앉아주세요.”

형사의 말에 도모미와 노리코는 의자에 앉았다. 형사는 선 채로 설명을 시작했다.

사건은 역시 지난주 금요일에 일어났다. 노리코가 마사아키의 전화를 받고 나가자마자 사쿠라이가 이곳에 침입한 것이다. 남자는 노리코가 나가는 소리를 듣고 집에 아무도 없다고 생각했다고 한다.

"왜 우리 집에 들어온 건데요?"

"그게 말이죠, 나비 표본을 노렸다고 하네요. 사쿠라이 역시 나비 마니아거든요. 두 분이 이사 오신 날 부군의 컬렉션을 보게 됐는데, 그게 꼭 갖고 싶었다고 하더군요. 옆집에 그게 있다는 생각만 해도 가슴이 두근거려 잠도 오지 않았답니다."

"제 컬렉션이 보통 것과 좀 다르긴 하죠."

침통한 표정을 짓고 있었지만 마사아키의 콧구멍이 벌렁거리는 것을 도모미는 놓치지 않았다.

"하지만 어떻게 들어온 거죠? 분명히 제가 문을 잠갔는데요."

"그게 말이죠, 사쿠라이가 마스터키를 가지고 있었답니다. 부동산중개소에 집세를 내러 갔다가 이 집 마스터키가 있는 걸 본 거죠. 그래서 중개소 사람이 잠시 한눈을 파는 사이 몰래 들고 나온 겁니다."

"마스터키가 없어졌다는 얘기는 중개소 사람한테 들었습니다. 그래서 열쇠를 바꿔 달기로 했는데."

그러고 보니 부동산중개소 사람이 그런 얘기를 했다는 것을 도모미도 기억해 냈다.

"그런 경위로 사쿠라이가 침입해 벽에 걸려 있는 표본을 살펴보고 있는데 난데없이 침실에서 여자가 나타난 거죠. 그 여자가 바로 호리우치 아키요 씨고요. 놀란 사쿠라이는 시끄러워지면 곤란하다 싶어 그녀의 목을 조른 겁니다. 소심한 남자에게 흔히 나타나는 발작적 행동이라고 할 수 있죠."

형사는 거리낌 없이 말했지만 보통 사람에게는 지극히 비정상적인 상황이었다. 도모미는 겨드랑이에서 땀이 흘러내리는 것을 느꼈다.

"일이 그렇게 되고 보니 나비 타령이나 하고 있을 때가 아니었죠. 시신을 처리하고 알리바이를 만드는 게 급선무였으니까요. 그때 사쿠라이의 눈에 들어온 것이 그 사진과 편지입니다."

편지는 식탁 위에, 사진은 탁자 위에 있었다.

사쿠라이는 편지의 내용을 쓱 훑어보고 사진을 동봉해서 주머니에 넣었다. 노리코의 얼굴을 모르는 사쿠라이는 아키요가 노리코라고 생각한 것이다.

"시신을 실어낸 사쿠라이는 그날 밤 사이카와 댐 쪽으로 가서 시신을 묻었답니다. 지금 경찰에서 수색 중이니 머지않아 발견되겠죠. 그다음 날 사쿠라이는 친구 집에 놀러 갔습니다. 그리고 그 근처에서 편지를 보냈어요. 그렇게 하면 피해자는 그날까지 살아 있는 게 된다고 단순하게 생각한 거죠."

"정말 단순한 생각이군요. 만약 정말로 노리코가 없어졌다면 제가 금요일에 바로 경찰서에 신고했을 텐데요."

"그게, 사쿠라이 말로는 야마시타 댁은 부군이 집에 잘 들어오지 않는 줄 알았다고 하더군요. 회사에서 돌아오는 기척이 거의 없었다면서요."

"당신이 늘 한밤중에 집에 들어와서 그래요."

"그랬나?"

노리코의 지적에 마사아키가 나직이 중얼거렸다.

"이상이 사건의 전모입니다. 듣고 보면 단순한 사건이지만 자칫 잘못했으면 영원히 어둠 속에 묻힐 뻔했어요. 그만큼 그 편지와 사진은 사쿠라이에게 치명적인 실수였던 겁니다."

그렇게 마무리 짓더니 하시모토 형사는 수첩을 덮었다.

"그런데요, 옆집 남자, 그러니까 사쿠라이 씨가 수상하다는 생각을 어떻게 하시게 된 거죠?"

도모미가 묻자 하시모토는 고개를 끄덕였다.

"그 사진에 묻어 있는 지문을 조사했어요. 그랬더니 여기 계신 세 분 외에 다른 사람의 지문이 나왔지요. 그중 몇 개는 호리우치 아키요 씨의 지문이라는 걸 알게 되었고요. 그런데 나머지 지문은 누구 건지 알 수가 없더군요. 그래서 어젯밤 아가씨에게 사진을 보여준 사람이 누구냐고 물어본 겁니다. 아가씨 얘기를 듣고 저희는 곧바로 사쿠라이의 지문을 문손잡이와 차에서 채취했어요. 예상한 대로 사진에 묻어 있던 지문은 사쿠라이의 것이었죠. 편지지에도 똑같은 지문이 묻어 있었고요. 그래서 오늘 아침에 사쿠라이를 추궁했더니 술술 자백을 한 겁니다."

"그래서 저희 지문을 채취하신 거군요."

마사아키의 말에 형사는 머리를 긁적였다.

"편지를 보낸 사람이 아키요 씨를 어떻게 했을지도 모른다고 짐작한 겁니다. 아무튼 협조해 주셔서 감사합니다. 아, 그리고 없어진 물건이 있는지 한번 확인해 주시지 않겠습니까? 사쿠라이는 아무것도 가져간 게 없다고 합니다만."

"알겠습니다."

마사아키는 의자에서 일어나 나비 컬렉션을 살펴보러 방으로 들어갔다.

"부인도 귀중품이 있으면 한번 확인해 보시지요."

"귀중품요?"

노리코는 내키지 않는 얼굴로 일어났다.

"굳이 말하자면 보석함인데요."

"우아! 나도 보고 싶어."

도모미는 무심결에 양손을 가슴 앞에 모았다.

침실 서랍장 위에 스탠드형 보석함이 놓여 있었다. 그걸 보고 참 조심성이 없다는 생각을 하는데 노리코가 눈치챈 듯 "별것 없거든"이라고 말하며 뚜껑을 열었다. 그런데 거기에 하얀 종이가 들어 있었다. "어머?" 하며 노리코가 그것을 집어 들자 바닥에 뭔가가 떨어졌다. 도모미가 집어 든 것은 금반지였다.

"그거, 그 여자가 끼고 있던 거야."

그렇게 말하고 노리코는 종이를 펼쳤다. 거기에는 립스틱으로 '미안해요, 안녕히 계세요'라고 쓰여 있었다.

"그 여자는 너랑 마사아키 씨가 돌아오기 전에 나갈 생각이었나 보네. 조금만 더 빨리 나갔다면 살해될 일도 없었을 텐데."

도모미가 말하자 노리코는 고개를 끄덕였다.

그날 저녁 도모미는 가나자와 역에서 특급 열차 '가가야키'에 올라탔다. 그걸 타고 나가오카까지 가서 조에쓰 신칸센으로 갈아탈 생각이다.

"또 와. 이번에는 내가 맛있는 거 살 테니까."

창문 너머에서 노리코가 말했다.

마사아키도 옆에서 덧붙였다.

"오시기 전에 넓은 집을 구해놓을게요."

살인 사건이 일어난 집에서는 살 수 없으니 당장 내일부터 집을 알아볼 생각이라고 했다.

"행복하게 살아. 또 무슨 문제 생기면 연락하고."

"이제 괜찮아."

노리코가 조금 멋쩍은 듯 말했다.

전철이 움직이기 시작하자 플랫폼의 두 사람도 시야에서 멀어졌다.

도모미는 길게 한숨을 내쉬었다.

'정말 어처구니없는 가나자와 여행이 되고 말았네. 제대로 구경도 못 했잖아. 그래도 뭐 일이 잘 풀렸으니까. 나중에 언제든지 다시 올 수 있고.'

그래도 겐로쿠엔에는 가보고 싶었다고 도모미는 생각했다.

# 코스타리카의 비는 차갑다

## 1

뭐라는 건지 알아들을 수 없는 고함을 지르면서 뛰쳐나온 2인조는 둘 다 원숭이 마스크를 쓰고 있었다. 핼러윈 때 아이들이 쓸 법한 고무로 만든 것이었다.

울창한 열대우림 속을 유키코와 둘이서 걸어가던 나는 너무나 순식간에 벌어진 일이라 소리도 지르지 못하고 큰회색올빼미처럼 눈이 휘둥그레져 그 자리에 멈춰 섰다. 유키코 역시 비명조차 내지 못하고 내 옆에서 굳어버렸다.

2인조는 둘 다 몸집이 상당히 컸는데 그중 더 큰 남자, 그러니까 마주 보고 오른쪽에 있던 남자가 먼저 한 발짝 앞으로 다가왔다. 땀과 습기로 끈적거리는 티셔츠 소매 아래로 굵은 팔뚝이 드러나 있었고 손에는 뭔가 까만 것을 쥐고 있었다. 그것이 권총이라는 사실을 인식하기까지 몇 초가 걸렸다.

남자가 무슨 말인가 했다. 영어도 아닌 데다 원숭이 마스크를 쓴 탓에 말소리가 분명치 않아 알아들을 수 없었다. 무조건 양손을 들고서 유키코에게도 그렇게 하라고 말하려 옆을 보니 그녀는 이미 두 손을 번쩍 치켜들고 있었다.

살해될지도 모른다는 생각이 들었다. 그런 상황에서 공포를 느끼지 않는 사람이 있다면 얼굴을 보고 싶다. 우연찮게 누군가가 지나가기를 기대하는 것은 이 숲 속에서 거의 있을 수 없는 일이었다. 물론 그렇기 때문에 그놈들도 거기서 죽치고 있었을 것이다.

한 박자 뒤처진 느낌으로 심장박동이 빨라지기 시작했다. 너무나 갑작스러운 상황 변화에 몸이 쫓아오지 못한 것이다. 이어서 호흡이 가빠지고 식은땀이 흘러내렸다.

권총을 든 남자가 또다시 입을 열었다. '다운(down)'이라는 단어가 귀에 들어왔다. 꿇어앉으라는 소린가 싶어 두 손을 치켜든 채 몸을 웅크리자 "다운, 다운!"이라며 남자가 내 등을 떠밀었다.

"어, 엎드리라는 소리 같아."

유키코가 떨리는 목소리로 말했다.

"그, 그런 것 같군."

목에 걸고 있던 카메라를 땅에 놓고 축축한 풀 위에 엎드렸다. 유키코도 손에 들고 있던 쌍안경을 내려놓고 나처럼 엎드리는 자세를 취했다.

다른 남자가 다가왔다. 고개를 들어보니 도끼처럼 생긴 엄청난 칼을 쥐고 있었다. 저걸로 뭘 하려는 걸까? 설마 목을 베려는 건 아니겠지? 그러느니 권총으로 쏘는 편이 손쉬울 게 아닌가. 아냐, 아냐. 총소리를 내지 않으려는 건지도 몰라. 공포와 흥분과 긴장 때문에 불길한 생각이 꼬리에 꼬리를 물고 머리에 떠올랐다. 어쨌든 우리가 목숨을 건질 가능성은 없다는 생각이 들었다. 나와 유키코는 여기서 살해되고 마는 것이다.

죽을 각오를 하기에는 도저히 이해가 되지 않았다. 대개 죽음을 눈앞에 두면 이제까지 살아온 인생이 주마등처럼 스쳐 지나간다고 하는데 내 경우는 전혀 그렇지 않았다. 그러기는커녕 머릿속에 '왜?'라는 생각만 가득했다. 왜 내가 이렇게 되어야 하는데? 왜 이런 곳에서! 왜? 왜?

칼을 든 남자가 옆에 앉더니 내 카고팬츠의 주머니를 뒤졌다. 짤그랑거리는 소리가 난 걸 보니 렌터카 열쇠와 호텔 키를 빼앗은 모양이다. 호텔 키야 아무래도 상관없지만 차는 큰일이다 싶었다. 트렁크에 100만 엔 상당의 카메라 장비가 들어 있었다. 하나둘 사 모은 물건이다. 그건 두고 가면 안 될까? 하긴 바라는 게 무리겠지. 목숨이 경각에 달린 마당에 그런 쩨쩨한 생각이 머리를 스치고 지나갔다.

남자는 이어서 우리 둘의 여권, 여행자수표, 신용카드 그리고 지갑을 주머니에서 빼냈다. 그러더니 마무리를 하듯 내 손목에서 시계를 풀었다. 물론 땅바닥에 놓아둔 카메라도 빼먹지 않았다. 닉이라는 친구에게 빌린 카메라였다. 변상해 줘야겠다고 생각했다. 살아남는다면 말이다.

남자는 이제 유키코 쪽으로 다가갔다. 청바지 주머니를 잠시 살피더니 "노 머니"라고 낙담한 목소리로 중얼거렸다. 쌍안경에는 손도 대지 않았다.

빼앗을 걸 다 빼앗자 강도는 우리 두 사람을 묶기 시작했다. 그래서 조금 안도했다. 묶는 걸 보면 목숨을 앗을 생각은 없는 것이라고 생각했기 때문이었다.

묶는다고 해도 끈을 사용하지 않고 고무테이프로 양손과 양발을 칭칭 감았다. 그리고 입에는 더러운 수건으로 재갈을 물렸다. 놈들도 어지간히 조급한 듯 거친 숨소리가 원숭이 마스크 너머로 들려왔다.

그러고는 한 남자가 내 어깨를 치며 "오케이, 오케이"라고 말했다. 죽이지는 않을 테니 걱정 말라는 뜻일까?

이윽고 두 남자는 줄행랑을 놓았다. 멀리서 차의 시동을 거는 소리가 들려왔다. 우리가 타고 온 렌터카로 도망칠 작정이리라.

그런데 차의 엔진 소리가 멀어지기도 전에 한 남자가 돌아왔다. 우리가 움직일 수 있는지 어떤지 확인하기 위해 온 것일지도 모른다. 우리가 꼼짝도 않고 있는 걸 보더니 안심한 듯 "바이!"라고 말하며 다시 멀어졌다. 그리고 차가 출발하는 소리가 났고, 이윽고 그 소리도 사라졌다.

고개를 돌려 유키코를 보았다.

나와 똑같이 뒷짐을 진 채 묶여 있는 그녀는 비참한 얼굴로 내 쪽을 보고 있었다.

'왜 이런 일이 일어난 걸까?'

그녀의 눈은 그렇게 하소연하고 있었다. 틀림없이 나도 그녀처럼 비참한 표정을 짓고 있을 거라는 생각이 들었다. 그래도 아무튼 목숨을 건진 건 천만다행이었다.

어느새 비가 부슬부슬 내리기 시작했다. 귀에 떨어진 물방울이 차가웠다. 자, 이 상황을 어떻게 뚫고 나갈 것인가. 손발을 바동바동 움직여보았다. 여간해서는 손도 써볼 길이 없을 거라고 생각했는데 뜻밖에도 두 발은 금세 자유로워졌다. 그때 고무장화를 신고 있었는데 강도 놈들이 그 장화 위에다 고무테이프를 감은 것이다. 그래서 장화를 벗자 바로 발이 자유로워졌다. 역시 놈들도 어지간히 허둥댄 모양이다. 허리에 차고 있는 가방을 눈치 못 챈 것만 봐도 그건 분명했다. 그날 허리에 가방을 차고 있었는데 엎드려 있은 탓에 배 밑에 깔려 그들의 눈에 띄지 않은 것이다. 그 가방 안에 돈이 조금 들어 있었다.

일어나서 '도움을 청하고 올 테니까 여기 가만히 있어'라는 뜻으로 "우우우우"라고 신음을 토해낸 뒤 손목에는 고무테이프가 휘감겨 있고 입에는 재갈이 물린 채로 내달렸다.

그곳은 브라울리오 카리요 국립공원의 숲 속이었다. 구아

피아스 하이웨이라는 도로변에 공원 입구가 있었다. 입구라고 해봐야 그 부분만 살짝 숲이 끊겨 사람들이 지나다닐 수 있을 정도로 좁은 오솔길이 나 있을 뿐이었다. 우리가 습격당한 곳은 그 길로 200미터쯤 걸어 들어간 지점이었다.

결박당한 모습으로 도로로 나갔다. 주차해 둔 렌터카는 역시 사라지고 없었다. 길가에 서서 차가 지나가기를 기다렸다.

잠시 후 왜건 한 대가 모습을 드러냈다. 묶여 있는 손을 보이면서 깡충깡충 뛰기도 하고 도움을 청하는 간절한 마음을 얼굴로 표현하기도 했다.

하지만 왜건은 멈추지 않았다. 마치 악귀라도 만난 것처럼 확 피해 달려가버렸다. 그 후에도 몇 대가 더 지나갔지만 마찬가지였다. 멈추기는커녕 오히려 한층 속도를 낸다. 경솔하게 뛰어나가기라도 하면 차에 치여 죽을 판이었다.

나중에 알게 된 일이지만, 도움을 청하는 척하면서 차를 세워놓고는 강도로 돌변하는 수법이 있다고 했다. 운전하는 이들은 그걸 두려워한 것이다.

안 되겠다 싶어서 다시 유키코에게 돌아갔다. 그녀는 여전히 엎드린 채 땅바닥에서 몸부림치고 있었다. 재갈은 입에서 풀렸지만 이제 그것이 코를 막고 있어 무척 괴로운 듯 보였다. 그 모습을 보고 있으려니 왠지 갑자기 우스워져 재갈을 문 채 큭큭거리며 웃음을 터뜨리고 말았다.

"뭐가 그렇게 웃긴데?"

유키코는 화난 목소리로 말하더니 "빨리 어떻게 좀 해 봐, 이래서 이런 곳엔 오고 싶지 않았다고" 하며 소리 내어 울음을 터뜨렸다.

옆으로 달려가서 뒤로 묶인 손으로 그녀의 고무테이프를 떼기도 하고 그녀에게 내 테이프를 떼게도 했다. 가까스로 두 사람의 몸이 자유로워지는 데 20분쯤 걸린 것 같다. 손목시계도 빼앗겼으니 정확한 시간은 알 길이 없었다.

"휴, 지독한 꼴을 당했군."

땅바닥에 주저앉아 말했다. 고무테이프를 떼어낸 자리가 아려왔다.

"그대로 죽는 줄 알았어."

"나도."

"정말 싫어, 이런 곳은. 당장 돌아갈래."

"그건 알겠는데, 문제는 여기서 어떻게 호텔로 돌아가느냐야."

"히치하이크를 하자."

"그게 말이야, 차가 아예 멈추질 않더라고."

"응? 왜?"

"몰라."

유키코를 데리고 길로 나가 다시 도움을 요청해 보기로 했다. 하지만 역시 멈추는 차는 없었다.

"다들 정말 매정해."

유키코가 우는소리를 냈다.

그 순간 버스가 다가왔다. 보닛형 고물차로 '푸우푸우' 하는 소리와 함께 회색 연기를 뿜어내고 있었다. 그래도 일단 노선버스인 듯했다.

"저걸 세우자."

우리는 손을 흔들었다. 하지만 버스 역시 속도를 늦출 기미는 보이지 않았다. 도로 한가운데로 나가서 양손을 들었다. 그러자 드디어 버스가 멈췄다.

얼굴이 새까만 운전기사가 창밖으로 얼굴을 내밀더니 화난 목소리로 뭐라고 떠들어댔다. 잽싸게 그쪽으로 달려가서 더듬거리는 스페인어로 "도둑, 살려줘"를 되풀이했다. 유키코는 옆에서 열심히 울어댔다.

말이 통했는지, 아니면 유키코의 연기가 호소력이 있었는지 알 수 없지만 운전기사는 우리를 버스에 태워주었다. 버스 안에는 열 명쯤 되는 승객이 타고 있었다. 처음에는 불쾌한 얼굴로 우리를 쳐다봤지만 운전기사가 뭐라고 설명하자 저마다 한마디씩 하기 시작했다. 의미는 전혀 알 수 없었지만 분명 우리를 동정하는 듯했다.

긴 의자 가운데에 우리 두 사람을 앉혀주었다.

"누구 영어 할 줄 아는 분 안 계십니까?"라고 영어로 묻고 나서 스페인어로 "영어, 영어"라고 말해보았다.

사람들은 추레한 한 아저씨를 가리켰다. 그 아저씨가 작은 바구니를 껴안은 채 쭈뼛거리며 우리에게 다가왔다.

"아저씨, 영어 하실 줄 아세요?"

영어로 물었다.

아저씨는 고개를 끄덕였다.

"이 버스가 산호세로 가나요?"

산호세는 코스타리카의 수도로 우리가 묵고 있는 호텔이 있는 곳이다.

아저씨는 또 고개를 끄덕였다.

"살았어. 이제 어떻게든 될 거야."

유키코에게 일본어로 말했다.

아저씨는 바구니 안에 손을 넣어 사탕 같은 걸 꺼내더니 먹겠느냐는 듯 내밀었다. 우리는 "No Thank you"라고 말하며 고개를 저었다. 그 후 아저씨의 행동을 보고 그가 버스 안에서 승객에게 막과자를 팔고 있다는 걸 알게 되었다. 그래서 영어가 필요한 건지도 모르겠다 싶었다.

버스는 덜컹거리며 산길을 달려갔다.

유키코가 옆에서 한마디 툭 던졌다.

"정말 끔찍한 하루였어."

그 말에 잠자코 고개를 숙였다.

## 2

회사에서 발령을 받아 캐나다 토론토 지사로 부임하게 된 건 5년 전이다. 오래전부터 해외 근무를 원해온 터라 나와 아내 유키코는 뛸 듯이 기뻐했다.

우리는 토론토의 노스요크에 집을 얻었다. 해외 근무를 원한 이유로는 좁은 일본에 갇혀 평생을 살고 싶지 않다는 바람이 가장 컸지만, 외국의 새를 보고 싶다는 생각을 예전부터 해온 탓도 있다. 초등학교에 다닐 때부터 들새를 관찰하는 게 취미였고, 일본에 서식하는 들새라면 거의 보았다고 자부한다. 흰눈썹뜸부기(오키나와의 천연기념물)도 내 눈으로 똑똑히 보았다. 그래서 앞으로는 해외의 들새를 찾아보겠다고 야무지게 마음을 먹고 있던 참이었다.

특히 부임지가 캐나다라는 사실은 나를 기쁨의 도가니로 몰아넣었다. 자연의 보고, 책장을 넘겨도 넘겨도 끝이 없는 자연백과사전 같은 나라이기 때문이다.

그렇지만 막 부임해 왔을 때는 새나 구경하러 다닐 경황이 아니었다. 무엇보다 달리는 영어 회화 실력이 가장 큰 장애였다. 부하 직원과 의사소통이 원만하게 이루어지지 않아 소소한 트러블과 실수가 속출했다.

거래처와도 끊임없이 문제가 발생했다. 상대방의 농담을 알아듣지 못해 빈축을 사는 정도라면 그나마 괜찮지만, 전화로 상대방이 화를 내고 있는데도 눈치채지 못하고 건성으로 대답하는 바람에 격분하게 해서 거래가 무산될 지경에 이르렀을 때는 얼굴에 경련이 일 정도로 긴장하기도 했다. 그 후로 한동안은 전화벨이 울릴 때마다 흠칫흠칫 놀랐다. 아무튼 언어의 장벽을 넘는 것이 당면한 최대 과제였다.

그래도 1년쯤 지나자 일상 회화는 그럭저럭 어려움 없이 해낼 수 있었고, 2년쯤 지나자 전문적인 대화도 대부분 알아들을 수 있었다. 시답지 않은 농담에 억지웃음을 지을 수도 있게 되었다. 내 보조역을 맡은 그레이스는 지금도 무슨 생각을 하는지 도통 알 수 없는 구석이 있다. 늘 멍하니 있고 응답도 무뚝뚝한 데다 어딘가 한 박자 어긋나 있다. 단 큰 실수는 한 적이 없다.

"그게 그 사람의 리듬이에요. 그걸 무너뜨리면 아마 패닉 상태에 빠질걸요."

그레이스를 잘 아는 여자가 그렇게 말해 나도 그냥 내버려 두기로 했다.

그레이스 말고 또 한 사람, 아무리 시간이 지나도 친해지기 힘든 사람이 있었다. 우리 뒷집에 사는 타니어라는 아주머니다. 아들이 운영하던 잡화점이 근처에 생긴 중국인 가게 때문에 망했다며 동양인을 증오했다. 중국인과 일본인은 다르다고 아무리 설명해도 들으려 하지 않았다. 그러면서도 일본이 무역으로 막대한 흑자를 내고 있다는 건 잘 아는 듯했다. 우리 집 정원에 잔디가 자라 있기라도 하면 일부러 찾아와 이런 말을 하곤 했다.

"돈을 벌 시간은 있어도 잔디를 손질할 틈은 없나 보군. 정원이 도둑고양이의 등짝 같은 집은 이 동네에서 당신 집뿐이라고."

그런저런 트러블도 있었지만 그럭저럭 해외 생활에 익숙해졌다. 휴가도 일본에 있을 때보다 자유롭게 쓸 수 있어 들새를 찾아 캐나다 각지를 돌아다녔다. 때로는 유럽에도 갔다. 그곳에서 유럽은 아주 가까웠다.

이윽고 5년이 지났고, 얼마 전에 일본 본사에서 귀임 준비를 하라는 취지의 팩스를 보내왔다. 우리는 아쉬워하며 마지막 여행은 어디로 갈 것인지 이야기를 나눴다.

코스타리카에 가자는 얘기를 꺼낸 건 나였다. 예전부터 자연의 왕국이라고 일컫는 그 작은 나라에 한번 가보고 싶었다. 바나나 같은 부리가 달린 큰부리새라든지 작은 날개를 엄청나게 빠른 속도로 움직이는 벌새를 꼭 내 눈으로 보고 싶었다.

"그런데 치안은 괜찮은 거야?"

유키코가 묻자 자신만만하게 대답했다.

"그 점은 괜찮아. 아주 안전한 모양이야."

"그래? 그럼 코스타리카로 정할까?"

그런 경위로 캐나다에 거주하는 우리의 마지막 여행지는 중앙아메리카의 작은 나라로 결정되었다.

한껏 부푼 마음으로 여행 준비를 시작했다. 유키코와 둘이서 예방주사도 맞으러 갔다. 소아마비니 파상풍이니 황열병이니 하는 예방접종이었다. 장티푸스 약도 먹었고 일주일마다 한 번씩 먹어야 한다는 말라리아 약도 받아왔다. 아무리 성가신 일도 큰부리새와 벌새를 볼 수 있다고 생각하면 아무렇지 않았다.

그리고 어제 다섯 시간 반 동안 비행기를 타고 토론토에서 산호세로 날아왔다. 하룻밤 호텔에 묵고 오늘 아침에 당장 투어 데스크에서 주변 지역의 지도를 사서 국립공원 위치를 확인한 다음 렌터카를 빌려 의기양양하게 호텔을 출발한 것이다. 설마 한 시간 후 빈털터리나 다름없는 신세가 되어 고물 버스에 타게 되리라고는 꿈에도 생각지 못했다.

## 3

버스를 탄 지 한 시간쯤 지났다. 그런데 산호세에 가까워지는 기미는 전혀 보이지 않았다. 잠시 후 버스는 작은 마을의 공터 같은 곳에 멈췄다. 그리고 운전기사가 내리라는 듯 손짓을 했다. 우리는 버스에서 내렸다. 밖에 비슷한 버스가 한 대 서 있었다.

"여기가 어디야?"

유키코가 물었다.

"산호세가 아닌 건 분명해"라고 대답했다.

예의 막과자 아저씨가 그 버스를 가리키며 "산호세, 산호세"라고 우리를 향해 말했다. 그 버스를 타라는 소리 같았다.

"맙소사."

한숨을 내쉬었다.

"아무래도 산호세와는 정반대 방향의 종점인가 보네."

"뭐? 그러면 또다시 버스를 타고 방금 온 길을 되돌아가야 하는 거야?"

"그런 모양이야."

"아앙."

유키코는 울상을 지었다.

그러는 사이 승객이 모여들었다. 막과자를 파는 아저씨가 그들에게 우리 얘기를 하고 있었다. 어떤 식으로 설명하는지는 몰라도 아무튼 다들 참 딱하다는 듯 우리를 보고 있었다.

한 노인이 어디선가 콜라 병 두 개를 찾아오더니 근처 수돗물을 받아 우리에게 건네주었다. 그러면서 "아구아, 아구아"라고 말했다. 아구아란 물이라는 뜻이다. 마시라는 소리 같았다.

그 병을 받아 든 순간 움찔 놀라 몸을 뒤로 젖혔다. 병속에 든 물은 탁한 적갈색이었다. 순식간에 거무튀튀한 침전물이 가라앉았다. 이곳에 사는 사람이라면 모를까, 우리 같은 사람이 마시면 단번에 탈이 날 듯했다.

"마시는 척만 하자."

일본어로 유키코에게 말하고 병을 입으로 가져갔다. 노인은 불쌍한 동양인에게 친절을 베푼 일로 대단한 자기만족을 느끼는 듯 가슴을 펴고 고개를 끄덕이고 있었다.

이윽고 버스가 출발하려 했다.

손짓발짓을 해가며 운전기사에게 현재 시각을 물었다. 그라면 정확한 시간을 알고 있을 거라고 생각했지만, 대답은 모호해서 대충 4시 반이라고 했다.

그 후로 한 시간 반 동안 버스에서 흔들리다 마침내 산호세에 도착했다. 버스에서 내리려는데 막과자를 파는 아저씨가 영문을 알 수 없는 말을 걸어왔다. 이 사람이 영어를 할 줄 안다는 것은 새빨간 거짓말이라고 생각하며 손을 흔들어 보였다.

택시를 잡아타고 호텔로 돌아갈 생각이었지만 택시는 좀처럼 잡히지 않았다. 점점 어둑어둑해지더니 길을 걷는 사람도 줄어들었다. 길가에서 먹을 것을 팔던 사람들도 뒷정리를 하고 있었다. 큰일 났다는 생각에 안절부절못하고 있는데 뒤쪽에서 누군가가 말을 걸었다. 돌아보니 차가 한 대 서 있었다.

차 안에서 얼굴을 내민 사람은 경찰관이었다. 순찰차였다. 경찰관이 스페인어로 뭐라 뭐라 했다. 뜻은 알 수 없었지만 무슨 일이냐고 묻는 것 같았다.

마침 잘됐다 싶어서 빠른 말투로 사정을 설명했다. 경찰관은 내 얘기를 끝까지 듣더니 뒤에 타라고 했다.

"이제야 어떻게든 되겠구나."

유키코와 얼굴을 마주 보고 안도의 숨을 내쉬었다.

하지만 일은 그렇게 순조롭게 풀리지 않았다. 곧장 경찰서에 데려다줄 거라고 생각했는데 경찰관은 시내를 빙글빙글 돌았다. 그러다 가끔씩 길가에 차를 대고 길 가는 사람에게 말을 걸었다. 거의 한 시간 동안 그러고 다녔다.

"저기, 왜 그러시는 건가요?"

뒷자리에서 물어봤지만 대답은 돌아오지 않았다.

이윽고 경찰관이 한 백인 여자에게 말을 걸었다. 사파리재킷을 입은 마흔 살쯤 된 여자였다. 그녀는 한동안 경찰관과 이야기를 나누다가 우리 옆에 탔다. 그리고 방긋 웃더니 "무슨 일이에요?"라고 물었다. 다른 사람이 영어로 말하는 소리를 듣는 것이 무척 오랜만인 듯한 기분이 들었다.

자초지종을 그 여자에게 설명했다.

그러자 그녀는 "큰일 날 뻔했네요"라고 말하고는 경찰관에게 스페인어로 뭐라고 뭐라고 했다. 경찰관도 어쩌고저쩌고 하더니 순찰차를 출발시켰다.

"지금부터 경찰서로 간대요."

여자가 말했다.

"어째서 바로 경찰서로 가지 않은 거죠? 자초지종은 아까 다 설명했는데요."

그러자 그녀는 쓴웃음을 지었다.

"이 사람은 영어를 할 줄 몰라요. 하지만 당신들 모습을 보고 뭔가 사고를 당한 것 같다고 눈치챈 거죠. 그래서 일단 차에 태우고 영어를 할 줄 아는 사람을 찾아다닌 거예요."

"아."

온몸의 힘이 빠져나가는 것 같았다.

"돈은 전혀 없나요?"

"아뇨. 조금은 있어요. 여기요."

허리에 두른 가방을 열어 캐나다 달러가 조금 들어 있는 지갑을 꺼냈다. 그런데 지갑이 열려 있었는지 동전 몇 개가 바닥에 떨어지는 바람에 얼른 주웠다. 여자도 같이 주워주었다.

"캐나다에서 왔어요?"

주운 동전을 보며 여자가 물었다.

"네."

"캐나다에는 친구가 많아요."

그러면서 그녀는 동전을 내 지갑에 넣었다.

민가에 간판만 내건 듯한 경찰서에 도착한 것은 7시가 지나서였다. 습격을 당한 후로 다섯 시간쯤 지났다. 이제 범인을 잡기는 글렀구나 싶어 반쯤 체념한 심정으로 사정청취에 응했다. 담당자는 시장판에서 카카오 열매든 뭐든 팔 것 같은 젊은 남자였다. 제복을 입고 있어서 경찰관이라는 걸 알 뿐이었다. 그리고 거기서도 백인 여자가 통역을 해 주었다. 얘기를 하던 중 그녀의 직업이 변호사라는 걸 알게 되었다. 결코 미인은 아니었지만 내 눈에는 여신처럼 보였다.

30분쯤 걸려 피해 사실 확인서를 작성하고서 경찰관이 유키코 쪽을 가리키며 뭐라고 했다. 정확히 그녀가 목에 걸고 있는 쌍안경을 가리키면서 말했다.

"범인들이 그걸 만졌느냐고 묻고 있어요."

여자 변호사가 말했다.

"모르겠어요."

유키코가 대답했다. 나도 알 수 없었다.

"만졌다면 뭐가 달라지나요?"

그녀에게 물었다.

“지문이 남아 있을지도 모르니까 맡길 수 있느냐고 하네요.”

“그럼 일단 맡겨두는 게 좋을까요? 만졌는지 어땠는지는 모르겠지만요.”

그러자 그녀는 조금 복잡한 표정으로 말했다.

“그야 두 분 마음이지만 전 별로 권하고 싶지 않네요.”

“왜죠?”

“돌려줄지 어떨지 알 수 없거든요.”

기겁을 하고 젊은 경찰관을 보았다. 그는 유키코의 쌍안경을 바라보고 있었다. 여자 변호사에게 눈길을 돌리자 당연한 일이라는 듯한 표정을 지어 보였다.

“생각났어요.”

내가 말했다.

“놈들은 쌍안경을 만지지 않았어요.”

그게 좋겠다는 듯 여자는 고개를 끄덕이더니 경찰관에게 통역을 해주었다.

경찰관은 아무 말도 하지 않았다.

사정청취가 끝나자 경찰관이 순찰차로 우리를 호텔까지 데려다주기로 했다. 여자 변호사는 경찰서에서 헤어졌지만 “난처한 일이 생기면 연락하세요”라며 전화번호를 메모해 건네주었다.

8시 반경에 호텔에 도착했다.

당장 침대에 드러눕고 싶었지만 룸 키도 놈들이 훔쳐갔다. 우리는 프런트 데스크로 바삐 걸어갔다. 온몸이 진흙투성이인 우리 꼴을 보고 새치름한 표정을 짓고 있던 프런트 데스크 직원들도 눈이 휘둥그레졌다.

그곳은 일본계 호텔이어서 일본인 종업원도 몇 명 있었다. 그중 한 사람이 우리 얘기를 들어줬다.

"희한한 일이네요."

그것이 사토라는 호텔 직원의 소감이었다.

"일본인이 그런 사고를 당했다는 얘기는 이제껏 들어본 적이 없거든요."

"하지만 사실이란 말이에요."

유키코가 발끈했다.

"네, 압니다. 거짓말이라는 얘기는 아니에요. 단지 이상한 일이라는 거죠. 일반 관광객이 단독으로 그런 숲 속에 들어가는 것 자체가 이례적인 일이긴 하지만요."

"코스타리카는 치안 상태가 좋다는 얘기를 들었는데요."

내가 말했다.

"여기는 좋은 편이죠."

사토는 눈을 크게 뜨고 말했다.

"중남미에 이렇게 안전한 곳도 없는걸요. 그래서 더욱더 많은 일본인이 오셨으면 합니다. 이번 일은 그야말로 예외적인 상황입니다. 코스타리카가 그런 곳이라고 생각하시면 곤란합니다."

잔뜩 힘이 들어간 말투였다. 우리가 일본에서 소문을 퍼뜨릴까 봐 걱정하는 건지도 모른다.

일단 앞으로 어떻게 수습해야 할지 간단한 설명을 듣고 나서 호텔 방을 바꿔달라고 부탁했다. 설마 범인들이 오지는 않겠지만 열쇠를 도둑맞은 터라 찜찜했다.

방에 들어가자마자 옷을 훌렁 벗고 침대에 드러누웠다. 그대로 자고 싶었지만 그럴 계제가 아니었다. 유키코에게 먼저 샤워하라고 이르고 나이트 스탠드에 놓여 있는 전화기로 손을 뻗었다. 먼저 카드 회사에 전화해서 도난 신고를 했다. 도둑맞은 카드는 당장 사용이 정지될 거라는 답변을 들었다. 재발급 문제에 관해서는 나중에 다시 전화를 주겠다고 했다. 그리고 여행자수표 발행 회사에도 전화해서 도난 신고를 했다.

이어서 마음은 내키지 않았지만 그레이스에게 전화했다.

"헬로."

어둡고 음침한 목소리가 들려왔다.

"나예요."

"아아, 테드."

나라는 걸 알아도 그녀의 말투는 바뀌지 않았다. 오히려 더 무뚝뚝해졌을 정도다. 가능한 한 간결하게 사태를 설명하고 여권 복사본이 사무실 책상 서랍에 들어 있으니 그걸 내일 아침 일찍 팩스로 보내달라고 부탁했다.

"내일 아침에 여권 복사본을 팩스로 그쪽에. 오케이."

강도라는 말에도 조금도 놀라는 기색 없이 지극히 사무적으로 그녀는 말했다.

정말로 내 얘기를 알아들었나 싶어 불안해졌다.

거기까지 상황을 수습하고 일단 수화기를 내려놓았다. 순간 피로가 확 몰려왔다. 유키코가 욕실에서 나와 뭐라고 했다.

아아, 나도 개운하게 땀을 씻어내야지.

생각은 그렇게 하면서도 묵직하게 내려앉는 눈꺼풀은 어쩔 도리가 없었다.

## 4

다음 날 아침 눈을 뜨니 허리에 차고 다니던 내 가방을 유키코가 테이블 위에 엎어놓은 채 뒤지고 있었다. 우리가 가진 돈이 얼마나 되는지 세어보는 모양이었다.

"얼마나 있어?"

"대충 300달러쯤 되나 봐."

"다행이네. 그 정도면 어떻게든 될 거야. 이따가 은행에 가서 바꾸자."

"이건 뭐야?"

그녀가 내게 보여준 건 작고 동그란 금속판이었다.

"모르겠는데. 어디서 났는데?"

"동전 속에 섞여 있었나 봐."

"흐음."

어디서 본 적이 있는 것 같지만 생각이 나지 않았다.

"무슨 부품 같은데 모르겠네."

"금세 생각날 거야. 그치?"

유키코는 그 금속판을 지갑에 넣었다.

호텔 레스토랑에서 제일 싼 음식으로 아침을 때우고 나서 호텔 안에 있는 투어 데스크로 갔다. 젊은 여직원은 우리가 겪은 사건에 대해 알고 있었다.

"아는 경찰이 있거든요. 그 사람이 얘기해 줬어요."

그녀가 말했다.

"얼마나 놀라셨을까. 그렇지만 여기가 원래 그렇게 끔찍한 곳은 아니에요."

"다들 그렇게 얘기하지만 왠지 그 말이 믿기지 않네요."

그녀는 그럴 만도 하다는 표정을 지었다.

애초에 세운 계획을 모두 취소하고 투어 데스크를 뒤로했다. 큰부리새도 벌새도 이제는 볼 기회가 사라졌지만 하는 수 없다. 아무튼 무사히 돌아가는 게 우선이다.

호텔에서 나오기 전에 프런트 데스크로 가서 팩스가 들어와 있는지 확인했다. 직원은 오지 않았다고 대답했다.

혀를 찼다.

"그레이스, 역시 잊어버렸군."

"그럼 어떻게 해?"

"할 수 없지. 일단 일본 영사관으로 가자. 여권 복사본은 나중에 보내올 거라고 하는 수밖에. 정말이지 그 뚱보는 머리도 시원찮은 데다 칠칠맞기까지 하다니까. 상대방 입장이 돼서 생각할 줄을 모르는 여자야."

투덜투덜 불평을 하면서 호텔을 나섰다.

은행에 들러 돈을 환전한 다음 택시를 타고 일본 영사관으로 갔다. 경찰서와 마찬가지로 영사관도 민가나 다를 게 없는 건물이었다.

도착하자마자 바로 담당자가 우리를 만나주었다. 몸집이 뚱뚱하고 둥그런 얼굴에 아랫입술이 튀어나온, 어딘지 모르게 잿빛어치를 연상시키는 인물이었다. 우리가 미처 말을 꺼내기도 전에 그는 "끔찍한 일을 당하셨더군요"라며 동정 어린 말을 늘어놓았다. 경찰에서 연락이 온 걸까?

"바로 여권 발급 수속을 해 드리죠."

그가 말했다.

"그래서 말인데요, 도난당한 여권 복사본을 우리가 아직 받지 못했거든요."

우물거리며 말하자 그는 눈을 깜빡이더니 "이거 말씀이십니까?"라며 종이 한 장을 꺼냈다. 그것은 틀림없는 우리 두 사람의 여권 복사본이었다.

"그게 어디서?"

놀란 표정으로 물었다.

"오늘 아침에 선생님 회사에서 직접 보내왔더군요. 한시라도 빨리 수속할 수 있도록 도와달라면서요. 그래서 그 사건에 대해 알게 되었죠. 유능한 부하 직원을 두셔서 부럽습니다."

그의 말에 유키코는 웃음을 터뜨릴 듯한 얼굴로 나를 보았다.

"네, 맞는 말씀입니다."

그러고는 말을 이었다.

"눈치 빠른 여직원이죠. 덕분에 늘 도움을 받고 있습니다. 게다가 똑똑하고 미인이고요."

"부럽습니다."

그가 거듭 말했다.

그리고 사건에 대해 상세히 이야기해달라고 요청해서 처음부터 차근차근 설명해 주었다. 이야기를 다 듣고 나더니 그는 신음하듯 읊조렸다.

"이런 일은 처음이에요. 단순한 소매치기 사고 정도는 가끔씩 일어나긴 합니다만."

"범인이 잡힐 가능성은 거의 없겠죠?"

혹시나 하는 마음에 물어보았다.

"뭐라고 하기가 좀 그러네요. 아니, 그래도 그렇지."

그는 팔짱을 끼었다.

"범인들은 왜 그런 곳에 잠입해 있었을까요?"

"물론 강도 행각을 벌이기 위해서였겠죠."

"하지만 그런 장소라면 언제 사람이 지나갈지 알 수 없잖습니까. 범인들이 무턱대고 먹잇감이 나타나기를 기다린 거라고 생각하시나요?"

"듣고 보니 그러네요."

유키코와 눈이 마주쳤다.

"설사 범인들이 그런 느긋한 작전을 실행했다 친다고 해도 말입니다."

그는 말을 이었다.

"두 분뿐이라는 걸 그들이 알 수는 없는 거잖아요. 두 분께 권총을 들이대고 있는데 일행이 나타날 수도 있는 거고요."

"그러니까 그 말씀은, 범인들이 진작부터 우리 두 사람을 노리고 있었다는 건가요?"

"단언할 생각은 없습니다만, 충분히 그럴 가능성도 있지 않을까요? 그전에 두 분을 유심히 관찰하던 남자가 있었다든지, 그런 일은 없었나요?"

"짚이는 게 없는데요."

"그렇습니까?"

담당자는 살찐 몸에 목을 집어넣기라도 하듯 얼굴을 갸우뚱했다. 그러자 더더욱 잿빛어치 같아 보였다.

"내내 우리를 노리고 있었을지도 모른다고 생각하니, 왠지 섬뜩해지네."

영사관에서 나오자 유키코가 말했다.

나도 동감이었다.

"그렇다고 하면 왜 우리에게 눈독을 들인 걸까?"

"그야 우리가 일본 사람이기 때문이겠지."

"돈을 가지고 있다고 생각했단 말인가?"

"응."

"맙소사."

일본인이 모두 부자는 아니라는 사실을 정부에서 적극적으로 외국에 알리지 않으면 큰일이 나겠다는 생각이 들었다.

여권 사진을 찍기 위해 영사관에서 소개해 준 사진관까지 걸어가기로 했다. 가는 길에 영사관보다 훨씬 큰 민가 앞을 지나쳤다. 쇠울짱 너머로 널찍한 정원이 있고, 선글라스를 쓴 남자 두 명이 무료한 모습으로 서 있었다.

"경호원인가 보네."

내가 말했다.

"개인이 경호원을 고용한 걸까?"

"그런 것 같은데."

그 집 창문에는 쇠창살도 달려 있었다. 그러고 보니 쇠창살이 달린 창문을 다른 몇몇 민가에서도 볼 수 있었다. 더구나 어느 것을 보더라도 최근에 장착한 듯 새것이었다. 우리가 습격을 당한 것도 그렇고, 어쩌면 이 평화로운 작은 나라에도 치안을 흐트러뜨리는 검은 그림자가 드리우기 시작했는지도 모른다.

사진관은 언뜻 봐서는 무엇을 파는지 알 수 없는 가게였다. 안에 들어가니 구형 카메라가 몇 대 진열되어 있었지만 파는 물건인지 아닌지 알 길이 없었다.

헝겊을 대충 몸에 두른 거나 다름없는 차림의 중년 여자가 가게에 있었다. 더듬거리기는 했지만 영어를 할 줄 알아 안심했다. 사진을 찍어준 것도 그 여자였다. 카메라를 다루는 손길이 난폭하기 이를 데 없어 과연 제대로 사진을 찍을까 싶어 불안했지만 맡길 수밖에 없었다.

유키코가 사진을 찍는 동안 가게 안에 진열되어 있는 카메라를 집어 들고 살펴보았다. 모처럼 코스타리카까지 와서 새를 찍은 사진 한 장 건지지 못하다니, 그것이 무엇보다 한스러웠다. 그렇지만 지금 여기서 카메라를 살 여유는 없었다.

그래도 미련이 남아 카메라를 보고 있는데 문득 한 부분이 눈에 들어왔다. 순간 떠오르는 게 있어 지갑을 꺼냈다.

"왜 그래?"

사진을 찍은 유키코가 다가와 물었다.

"이거야."

유키코가 오늘 아침에 찾아낸 동그란 금속판을 꺼냈다.

"이건 카메라에서 버튼전지를 넣는 부분의 뚜껑이야."

"아아."

그녀도 생각이 난 듯했다.

"닉한테 빌린 카메라의?"

"그런 것 같아. 어쩌다 떨어뜨린 것을 동전과 함께 지갑에 넣었겠지."

이렇게 말하면서 고개를 갸웃거렸다. 나 자신도 기억이 나지 않았기 때문이었다.

사진은 내일 나온다고 했다. 즉석 사진은 없는 듯했다.

그러고서 렌터카 지점에 들러 도난에 따른 손실은 보험 처리가 된다는 사실을 확인했다. 거기서도 강도를 만난 건 '이상한 일'이라는 소리를 들었다. 나와 유키코가 코스타리카 최초의 사건에 휘말렸다는 말인가?

밤에 호텔에서 캐나다에 있는 닉에게 전화를 걸었다.

내 목소리를 듣더니 그가 말했다.

"제법 흥미진진한 여행을 하고 있는 모양이더군."

그는 이런 유의 농담을 곧잘 한다. 그레이스에게 이야기를 들었나 보다.

"덕분에."

"그건 다행이군. 그래, 앤도 잘 있지?"

"그럭저럭."

그들은 유키코를 '앤'이라고 부른다.

"그런데 너한테 사과해야 할 일이 있어. 그 카메라 말인데, 그것도 훔쳐갔어."

"아아, 역시 그랬군. 너한테 빌려주는 게 아니었는데. 그 카메라는 우리 증조할아버지가 엉클 톰과 기념사진을 찍었다는, 실로 유서 깊은 물건이라고. 사려고 해도 살 수 있는 물건이 아니야. 값을 매길 수도 없어. 그러니까 변상을 받으려고 해도 얼마를 받아야 할지 모른다는 뜻이지. 즉 변상을 할 수도 없다는 얘기야. 안타깝지만 내가 포기하지."

따발총처럼 쏟아내는 그의 말에 쓴웃음을 지었다.

"그럴 수야 없지. 어떻게든 다른 카메라를 찾아볼게."

"신경 쓰지 않아도 돼. 너한테는 말하지 않았지만 사실 그 카메라, 고물이거든. 셔터도 가끔씩 말을 듣지 않고, 버튼전지를 넣는 부분의 뚜껑도 자꾸 빠지고."

"역시 그랬군. 실은 그 뚜껑만 남아 있어. 그거라도 돌려줄까?"

"꼭 그래줘. 아무 말 안 했지만 그 카메라에서 가장 가치 있는 부분이 바로 그 뚜껑이거든."

"금고에 넣어둘게."

킥킥거리면서 전화를 끊었다.

## 5

다음 날에는 딱히 할 일도 없어 부근의 관광지를 돌아보기로 하고 투어 데스크로 갔다. 예의 젊은 여직원은 여전히 동정 어린 눈빛으로 우리를 보았다.

돈이 없다며 싼 버스 관광 상품으로 괜찮은 게 없느냐고 묻자 미니버스로 카라라 생물 보전 지구로 데려다주는 투어가 있다고 했다. 여행 기분을 낼 수만 있다면 뭐든 좋겠다 싶어서 거기에 참가하기로 했다.

"그런데 어제 우연히 이걸 보게 됐어요."

투어 데스크 여직원이 우리에게 보여준 것은 그곳 지역 신문이었다. 거기에는 3주 전에 새를 관찰하던 영국인이 습격을 당한 사건이 피해자 본인의 수기 형식으로 실려 있었다.

우리가 습격당한 곳과 장소는 달랐지만 범인이 2인조이며 원숭이 마스크를 쓰고 있었다는 점은 일치했다.

"우리를 덮친 범인이랑 아마 같은 놈들일 거야."

유키코에게 말했다.

"한번 잘되니까 맛을 들여 똑같은 수법을 쓴 거라고."

"그럼 같은 짓을 또 할지도 모르겠네."

"그렇겠지."

이 신문을 가져가도 되느냐고 묻자 여직원은 선뜻 그러라고 했다. 점심때가 지나 호텔 앞에서 미니버스를 타고 카라라 생물 보전 지구로 향했다. 동행한 여행자들은 하나같이 카메라를 들고 있었다. 우리는 쌍안경이 하나 있을 뿐이었다.

"하필이면 카메라가 없을 때 희귀한 새가 훌쩍 나타날지도 모르는데."

달리는 버스에 흔들리면서 유키코가 얄미운 소리를 했다.

내 바로 옆에서는 몸집이 좋은 백인 남자가 어설픈 손놀림으로 카메라에 필름을 넣고 있었다. 카메라를 다루는 데 그리 익숙지 않은 듯했다.

"범인들은 카메라 속에 들어 있는 필름을 어쨌을까?"

유키코에게 물었다.

"그야 버리지 않았을까?"

"그랬겠지. 첫, 필름만이라도 돌려달라고 할걸."

"왜? 어차피 아무것도 찍지 않았잖아."

"아냐. 놈들이 나타나기 직전에 두세 장 찍었거든. 나름 희귀한 새가 있어서 말이야."

"흐음, 할 수 없지 뭐."

그렇게 말하고 유키코는 멍하니 창밖을 바라보다가 문득 무슨 생각이 난 듯 내 쪽을 돌아보았다.

"있잖아, 사진 찍을 때 그 버튼전지는 필요하지 않은 거야?"

"버튼전지? 당연히 필요하지. 노출과 셔터 속도를 조절하는 데 쓰는 거야."

"하지만 그때 그 뚜껑은 빠져 있었잖아. 그래도 괜찮은 거야?"

"뭐?"

입을 반쯤 벌린 채 그대로 몸이 굳었다.

유키코의 말이 맞다.

뚜껑이 빠져 있으면 버튼전지도 떨어지고 만다. 그런 상태로 사진을 찍으려 했다면 바로 이상하다는 걸 알아차렸을 것이다. 알아차리지 못했다는 것은 버튼전지에도 뚜껑에도 문제가 없었다는 이야기다.

그렇다면 왜 카메라를 도둑맞은 후에 버튼전지 뚜껑이 내 지갑 속에 들어 있었던 것일까?

"앗!"

나와 유키코는 동시에 소리를 질렀다. 그러고는 일어서서 운전기사에게 "스톱!"이라고 외쳤다.

### 6

사건이 일어난 후로 나흘이 지났다. 나와 유키코는 양손에 짐을 들고 공항으로 갔다. 카운터에서 수속을 마치고 커피라도 마실까 싶어 두리번거리는데 뒤에서 누군가가 말을 걸어왔다. 돌아보니 여자 변호사 캐시가 다가오고 있었다.

"다행이네요. 늦지 않아서."

우리를 보고 그녀는 방긋 웃었다.

"저희를 배웅해 주시려고요? 감격스럽네요."

"코스타리카가 끔찍한 곳이라고 생각하면 안 될 것 같아서요."

"끔찍한 곳이라고 생각하진 않습니다."

그러고는 얼굴을 찡그렸다.

"이번에는 좀 운이 없었던 거겠죠."

"두 분의 운이 상향곡선을 그릴 때 다시 한번 이곳에 와주셨으면 싶네요."

그러면서 그녀는 한쪽 눈을 찡끗했다.

가까이 커피 자동판매기가 있어서 종이컵에 든 커피를 나란히 앉아 마셨다.

"돈 문제는 다 처리됐나요?"

그녀가 물었다.

"네. 한 달 동안 사용할 수 있는 임시 신용카드를 발급받았어요. 여행자수표는 이미 현금화한 뒤였지만 사인이 다르다는 것이 확인되어 전액 돌려받았고요."

"그럼 물건이네요."

"제 카메라 장비는 보험에 들어 있으니 어떻게든 될 것 같아요. 문제는 친구에게 빌린 카메라인데, 그것만큼은 변상해야 할 것 같네요."

"닉의 카메라 말이죠?"

그녀는 싱긋 웃었다.

"그래도 그 카메라 덕분에 단서를 잡았잖아요."

"그러니까 더더욱 닉에게 감사해야죠."

왜 버튼전지 뚜껑이 지갑 속에 들어 있었는지 생각하다 문득 떠오른 것이 순찰차 안에서 동전을 떨어뜨린 일이었다. 그때 동전과 함께 그걸 주운 것이 아닐까?

그러니까 우리가 타기 전에 그 뚜껑은 이미 순찰차 안에 떨어져 있었다는 이야기가 된다. 그렇다면 그 뚜껑은 닉의 카메라에서 나온 것이 아니라, 우연히 그 부분이 망가진 카메라를 가지고 있던 다른 사람이 떨어뜨린 것일까? 그러나 그런 우연이 그리 흔히 일어날 수 있다는 생각은 도저히 들지 않았다. 카메라에 전지를 넣는 부분의 뚜껑 같은 건 그렇게 아무데나 떨어져 있을 만한 물건이 아니다.

그리고 또 한 가지 생각이 떠올랐다. 우리가 그 순찰차에 타게 된 것이 우연은 아니라는 것이. 택시를 찾고 있었는데 경찰관이 먼저 말을 걸어온 것이다.

즉시 변호사 캐시에게 전화해서 자초지종을 설명했다. 내가 말하고자 하는 바를 알아차린 그녀는 바로 경찰서에 연락했다.

그 후의 진척 사항에 관해 상세히는 모르지만 아무래도 예의 순찰차를 수색한 모양이다. 거기서 카메라용 버튼전지가 하나 발견되었다고 한다. 그래서 운전한 경찰관을 추궁했더니 의외로 순순히 자백을 했다는 것이다.

그 경찰관의 진술에 따르면 두 명의 범인과는 술집에서 만났다고 한다. 대수롭지 않은 내기를 하다 경찰관은 두 사람에게 빚을 지게 되었다. 그 빚을 갚지 못해 골머리를 앓던 중 두 사람이 자기네 일을 도와달라는 제안을 하기에 이르렀다. 소수 인원의 여행자가 있으면 그들의 여정에 대해 알려달라는 의외로 손쉬운 부탁이었다.

그때는 두 사람이 강도 행각을 벌일 거라는 생각은 하지 못했다고 본인은 주장했지만 정말인지 어떤지는 아직 알 길이 없다. 그날 경찰관은 예전부터 친하게 지내던 투어 데스크의 여직원과 이야기를 나누다 캐나다에서 온 일본인 커플이 브라울리오 카리요 국립공원에 간다는 사실을 알게 되었다. 그래서 그 두 사람에게 그 이야기를 했다. 두 사람은 그 일본인, 그러니까 우리를 덮쳐서 금품을 약탈한 것이다.

그 후 두 사람은 경찰관을 찾아와 약탈한 물품을 보여주었다. 아마 그때 카메라 부품이 순찰차 안에 떨어진 것이리라. 그때 처음으로 경찰관은 두 사람의 목적이 강도 행각이었다는 것을 알게 되었지만 정보를 제공한 이상 자신도 공범자라는 생각에 사실을 말하지 못했다고 한다. 그래도 일본인 커플에게는 미안한 생각이 들어 순찰차로 찾아다니다 말을 걸었다고 진술한 모양이다.

"그 경찰관이 한 말이 사실이라고 생각하시나요?"

커피를 한 모금 마시고 나서 캐시에게 물었다.

"아마 거짓말이겠죠."

그녀가 대답했다.

"한몫 챙겨 받기로 약속하고 두 분 얘기를 했을 거예요. 3주 전의 사건도 있었고요. 그리고 두 분을 순찰차에 태운 목적은 두 가지일 거예요. 하나는 두 분이 얼마나 범인에 관한 정보를 알고 있는지 확인하기 위해서고, 또 하나는 시간을 벌기 위해서. 두 분을 태우고 시내를 빙글빙글 돌아다녔다고 했죠?"

"그랬습니다."

"하지만 결국 그것이 치명타가 되었죠. 빼앗긴 카메라의 부품을 줍게 되었으니까요."

"그리고 또 하나, 저희가 당신을 만난 것도 그의 입장에서는 운이 나빴던 거죠."

내 말에 그녀는 하얀 이를 드러내며 말했다.

"그렇게 말해주니 기쁘네요."

주범인 두 사람에 대해서는, 그들이 타고 달아난 렌터카가 공항 주차장에 버려져 있었던 것 말고는 종적을 찾지 못한 상태라고 했다. 경찰에게 그 두 사람을 추적할 만한 적극성은 없으리라는 것이 그녀의 판단이었다.

나도 그럴지 모른다고 생각했다.

시간이 되어서 우리는 자리에서 일어났다.

"꼭 다시 한번 오세요."

그녀가 말했다.

"운이 좋을 것 같으면 그러지요."

그렇게 대답하면서 마음속으로는 '두 번 다시 오나 봐라'라고 중얼거렸다.

이곳에 올 때와 마찬가지로 다섯 시간 반 걸려 우리는 캐나다로 돌아갔다. 토론토에 도착했을 때는 아닌 게 아니라 녹초가 되어 있었다.

택시를 타고 집으로 향했다. 익숙한 거리가 눈에 들어왔다. 여러 차례 여행을 했지만 이토록 이 거리가 그립게 느껴진 적은 한 번도 없었다.

프린세스 애비뉴에서 내렸다.

잔디 정원, 즐비한 기와집, 틀림없는 우리 집이다. 대문으로 다가가자 종이쪽지가 붙어 있는 것이 보였다. 하얀 종이에 매직펜으로 이렇게 쓰여 있었다.

Welcome home Ted & Ann

그 난폭한 글씨는 만날 잔소리만 해대던 타니어 아주머니가 쓴 것이 분명했다. 그레이스가 연락을 했는지도 모른다. 그걸 본 순간 온몸의 힘이 빠져 그 자리에 주저앉고 말았다. 유키코는 '앙' 하고 울음을 터뜨렸다.

옮긴이의 말

# 인간의 어수룩함이 빚어낸 비극

※ 작품에 대한 언급이 있습니다.

히가시노 게이고의 발상은 독특하면서도 기묘하다. 사건의 발단은 독창적이며, 실마리를 제공하는 솜씨도 기대를 저버리지 않는다.

제목이 말해주듯 우리 주변에서 일어날 법한 일을 소재로 다루어 실감나게 읽어나갈 수 있다. 선입관이라든지 착각 같은, 평범한 사람들에게서 흔히 볼 수 있는 심리의 덫을 교묘히 이용한 맛깔 나는 단편집이다.

그의 특기는 이 작품집에서도 유감없이 발휘되어 인간의 다면적 특성을 각각의 단편을 통해 조명한다. 사실 이 단편집은 본격 추리물이라기보다는 각 단편을 통해 다채로운 인간의 스토리를 전개하는 드라마적 특성이 두드러진다. 등장인물의 직업, 성별, 연령 또한 실로 다채롭지만 공통된 테마는 관계다. 갖은 인간관계가 빚어내는 애정, 무정함, 정념, 원한 등 실로 다양한 감정이 줄기를 이루며 이야기를 펼쳐나간다. 화려한 반전은 등장하지 않으니 부담 없이 어디서든 자투리 시간을 이용해 휴식을 취하듯 가볍게 페이지를 넘길 수 있다.

장편만큼 강한 임팩트를 기대할 수 없는 것이 단편의 숙명이다. 그런데도 이 작품의 완성도는 결코 떨어지지 않으며 오히려 아이디어가 돋보인다.

어찌 보면 소설을 읽는 즐거움이란 인간 군상의 모습을 볼 수 있다는 데 있기도 하다. 그리고 이런 단편집에는 더 많은 사람이 더 많은 모습으로 등장해 즐거움을 더한다.

〈죽으면 일도 못 해〉에서는 조직사회의 일원으로 일하는 일본인 특유의 충성심을 생생하게 그리고 있다. 그리고 그 결말은 서글프다. 숨 가쁘게 돌아가는 오늘날의 경쟁사회를 살아가는 사람이라면 주인공의 모습에 조금은 공감하지 않을까 싶다.

신혼여행지에서 아내를 죽이려 한 남자와 그 아내의 사연이 펼쳐지는 〈달콤해야 하는데〉에서는 여자 주인공을 통해 헌신적인 사랑의 모습을 보여준다. 작가의 다른 작품에도 헌신적인 사랑이 큰 줄기로 등장하는 걸 보면 작가가 추구하는 사랑의 미학이란 이런 것이 아닐까 하는 생각도 든다.

블랙코미디의 색채가 짙은 〈등대에서〉는 또다시 인간의 숨겨진 악의를 들춰내 섬뜩한 기분이 들게 한다. 인간의 열등감이 빚은 얼토당토않은 비극이지만 있을 수 있는 이야기가 아닐까 싶다.

〈코스타리카의 비는 차갑다〉에서는 주변 인물로 등장하는 몇몇 외국인의 모습을 통해 일본인과는 또 다른 인간미를 보여준다. 일본인 그들처럼 날마다 달콤한 말과 미소를 짓지는 않지만 참된 인간미를 지닌 이들의 모습을 볼 수 있어 흐뭇하다. 이 작품은 작가의 지인이 실제로 겪은 이야기를 바탕으로 썼다고 한다.

이 책에서 특기할 만한 사항은 가해자에게 초점을 맞추지 않고 이야기를 전개하는 점이 아닐까 싶다. 바꿔 말하면 가해자와 피해자의 모호한 경계선이 한 맥을 이루고 있다.

〈자고 있던 여자〉도 언뜻 보면 주인공이 본의 아니게 골치 아픈 문제에 휘말린 것 같지만, 결국은 자신의 이익을 위해 자초한 일이었다.

〈죽으면 일도 못 해〉에서는 가해자를 살인으로 몰고 간 뜻하지 않은 피해자의 사연이 펼쳐지며 본분에 충실한 나머지

타인의 감정을 배려하지 않는 행위에 대한 경각심을 불러일으킨다.

〈달콤해야 하는데〉에서 주인공은 스스로 피해자라 믿고 아내를 죽일 계획을 세우지만, 결국 그가 가해자였음이 밝혀진다.

지렁이도 밟으면 꿈틀한다는 말이 문득 떠오른 〈등대에서〉는 히가시노판 인과응보를 보여주는 작품이다.

작가의 초기작인 만큼 단편마다 참신한 시도가 엿보이며 그 성과는 훌륭하다. 대단한 악의는 아닐지라도 우리 인간의 어수룩함이 빚어낸 갈등 내지는 비극이 하나둘씩 허를 찌르며 다가온다.

그리고 이런 생각이 들었다.

어쩌면 가장 수상한 사람은 나 자신이 아닐까, 라고.

윤성원

**수상한 사람들**

**1판 1쇄 발행** 2009년 7월 13일
**2판 1쇄 발행** 2017년 3월 17일
**3판 1쇄 발행** 2021년 10월 10일
**3판 2쇄 발행** 2022년 1월 5일

**지은이** 히가시노 게이고
**옮긴이** 윤성원

**발행인** 양원석
**편집장** 김건희
**디자인** 오필민디자인
**영업마케팅** 조아라, 정다은, 신예은, 이지원

**펴낸 곳** ㈜알에이치코리아
**주소** 서울시 금천구 가산디지털2로 53, 20층(가산동, 한라시그마밸리)
**편집문의** 02-6443-8902 **도서문의** 02-6443-8800
**홈페이지** http://rhk.co.kr
**등록** 2004년 1월 15일 제2-3726호

ISBN 978-89-255-7930-6 (03830)